浮雲心霊奇譚
呪術師の宴

神永　学

集英社文庫

浮雲心霊奇譚

呪術師の宴

目次

UKIKUMO
SHINREI-KITAN
JUJUTSUSHI NO UTAGE
BY MANABU KAMINAGA

本文デザイン……………坂野公一（welle design）
イラストレーション……アオジマイコ

浮雲心霊奇譚

呪術師の宴

◉登場人物

浮雲……廃墟となった神社に棲み着く、赤眼の〝憑きもの落とし〟。

八十八……古くから続く呉服屋の息子。絵師を目指している。

萩原伊織……武家の娘。可憐な少女ながら、剣術をたしなんでいる。

土方歳三……薬の行商。剣の腕も相当に立つ、謎の男。

玉藻……色街の情報に通じる、妖艶な女。

宗次郎……滅法腕の立つ少年剣士。

近藤勇……試衛館という道場の師範。

狩野遊山……絵師にして呪術師。

序

浩太朗（こうたろう）は、はっと目を覚ました――。

胸が苦しかった。

まるで、誰かが上からのしかかっているような感覚だ。

全身にびっしょりと汗をかいている。

浩太朗は、ゆっくりと身体（からだ）を起こし、ふうっと息を吐く。

ずんずんと頭が痛んだ。

とても嫌な夢を見ていた気がするが、その内容を思い出そうとすると、頭の痛みが増した気がした。

――許さない。

すぐ後ろで、誰かが囁（ささや）くような声がした。

慌てて振り返ってみたが、そこに人の姿はなかった。

――気のせいか。

再び、眠りに就こうとした浩太朗の耳に、また声がした。

――許すまじ。

男なのか、女なのか判然としない。ただ、地の底から這(は)い上がってくるような、異様な響きをもった声だった。

再び振り返ってみたが、やはり人の姿はない。

それだけでは安心できず、浩太朗は慎重に辺りを見回してみる。

暗くはあったが、そこは自分の部屋に間違いなかった。

最近になって買い集めた骨董品(こっとうひん)の類いが、ところ狭しと並んでいる。

ふと、壁にかかった掛け軸が目に入った。

女が一人、物憂げな顔で佇(たたず)んでいる。その足許(あしもと)には、鮮やかな彼岸花が、まるで競うように咲き乱れている。

美しい絵だ――。

見ているだけで、自然と顔がほころぶ。

さっきのは、やはり空耳に違いない。浩太朗は、改めて布団に横になり、瞼(まぶた)を閉じた。

部屋は、しんっ――と静まり返っていた。

しばらくして、浩太朗の意識は、ゆっくりと眠りの中に落ちていく――。

さわっ。

鼻先に、何かが触れた。

刷毛（はけ）で触られたような、むず痒（がゆ）い感覚だった。

虫でも掠（かす）めたのだろう。浩太朗は、目を閉じたまま、顔の前を手で払う。

さわっ。

手に何かが触れた。

それは、虫などではない。もっと別の何かだった。

――何だ？

ぱっと目を開けた浩太朗は、あまりのことに硬直した。

そこには――。

老婆の顔があった。

白髪の混じった長い髪をだらりと垂らし、浩太朗を見下ろしていた。

しかも、その目には、眼球がなかった。真っ黒い穴が、浩太朗を見据えている。

浩太朗は、悲鳴とともに飛び起きようとしたが、身体が動かなかった。

胸の上に何かが乗っている。

そこにいたのは、禿頭（とくとう）の僧侶らしき男だった。

頰にべっとりと血が張り付いていて、紫に変色した唇で、しきりに念仏を唱えている。

——南無阿弥陀仏。南無阿弥陀仏。

「止せ!」

浩太朗は、僧侶を押しのけようとしたが、腕が動かなかった。

見ると、武士と思しき男が、浩太朗の右腕の上にあぐらをかいて座っていた。

髷が解けた、ざんばら髪の武士だ。

右腕の上腕部が切断されていて、びゅっ、びゅっ、と血が噴き出している。

武士の左手には、小太刀が握られている。

その姿を見て、浩太朗はこの武士が何をしようとしているのかを悟った。

浩太朗の右腕を切断し、失われた自分の腕の代わりにしようとしているのだろう。

「うわぁ!」

浩太朗は、叫び声を上げながら、足をばたつかせて暴れようとしたが、それさえもできなかった。

女が——。

花魁と思しき女が、浩太朗の脚の間に屈み込み、妖艶な笑みを浮かべながら、股をまさぐっていたのだ。

それだけではない。畳の下から、ぬうっと青白い手が伸びてきて、浩太朗の足首を摑んだ。

次から次へと現われるこの世ならざる者たちの姿に、浩太朗は正気を失った——。

除霊の理

UKIKUMO
SHINREI-KITAN
JUJUTSUSHI NO UTAGE

一

「逃がすんじゃねぇぞ！」

八十八(やそはち)は、空気を震わす怒声に、はっとして目を向けた。

目に飛び込んできたのは、思わぬ光景だった。

いかにも浪人といった感じの男が三人、日中の道端で凄(すご)んでいたのだ。彼らの視線の先には、一人の女が立っていた。

黒く艶のある髪は結われず、腰の辺りまで伸びていて、白い着物に赤い袴(はかま)という恰好(かっこう)をしていた。

「てめぇ！　難癖つけやがって！　どうなるか分かってるんだろうな！」

首領と思(おぼ)しき、一際身体(ひときわからだ)の大きな男が、女の襟の辺りをぐいっと摑(つか)む。

何があったのかは知らないが、三人もの男が、寄ってたかって女を責め立てるなど、あるまじき行為だ。

何とかしなければ——そう思いながら、怖くもあった。

相手は、腰に刀を差している。町人の自分が、下手に横槍(よこやり)を入れれば、斬られかねない。

「申し——」

それでも八十八は、おずおずと、男たちに声をかけた。

「あん？」

男たちの視線が、一斉に八十八に向けられる。

揃(そろ)いも揃って、目つきが悪い。敵意に満ちた視線に臆して、八十八は思わず息を呑(の)んだ。

「お前(めぇ)のようなガキには、かかわりのねぇことだ。さっさと消えろ」

男の一人が、ぺっと唾を吐き捨てた。

確かにかかわりはない。このまま、するすると立ち去れば、自分に害が及ぶことはないのだろうが、八十八はそうすることができない性質(たち)だ。

「何があったのか存じ上げませんが、このような横暴な振る舞いは……」

言い終わる前に、どんっと胸に衝撃が走り、八十八は後方に吹き飛ばされ、思わず尻餅をついた。

おそらくは、男たちの中の誰かに突き飛ばされたのだろう。

「聞こえなかったのか？　斬られたくなければ、さっさと消えろ」

男の中の一人がそう言うと、鞘から刀を抜いた。

切っ先が、陽の光を受けて煌めく。

ただの脅しではない。本気で、八十八を斬るつもりなのだろう。武士からしてみれば、八十八のような町人を斬り捨てるなど、犬猫をそうするのと大差ない。

ここで脱兎の如く逃げ出せば、それで助かる。分かってはいるが、動けなかった。怖さからではない。女を置き去りにして、自分だけ逃げることができないからだ。

「そういうわけにはいきません。その女の人を……」

八十八の声を遮るように、男が刀を八双に構えた。

刃からも、男の目からも、痺れるほどの殺気が溢れ出ている。

八十八は丸腰だ。とてもではないが、太刀打ちできない。仮に、刀を持っていたとしても、剣の心得はないから、やはり敵わない。

もはやこれまでか――。

八十八が、ぎゅっと身を固くしたところで、ぬうっと陽を遮るように影が差した。

――何だ？

顔を上げると、いつの間にか、一人の男が八十八の脇に立ち、顔を覗き込んでいた。

熊のように大きく、がっちりとした体格をしている。角張った顔のせいで強面に見えるが、人を和ませるような愛嬌もある。

以前に、一度だけ会ったことがある。

試衛館という道場の師範である、近藤という男だ。

「八十八さんでしたな。こんなところで会うとは、奇遇ですな」

近藤は、低く野太い声で言うと、にっと白い歯を見せて、何とも人懐こい笑みを浮かべた。

この切迫した状況で、八十八が真っ先に思ったのは、どうして近藤は自分の名を知っているのだろう——ということだった。

以前に、顔を合わせたときは、名乗っていないはずだ。仮に名乗っていたとしても、道場の師範が、八十八のことを覚えているとは意外だった。

「大丈夫ですか？」

近藤は、そう訊ねながら八十八に手を差し出した。

八十八は、訳が分からなかったが、近藤の手を握った。ごつごつとしていて、まるで岩のような感触だった。

近藤が、ぐいっと腕を引く。八十八は、その助けを借りて立ち上がった。

「おい！　邪魔をするんじゃねぇ！」

突然の近藤の登場に、当惑していたらしい男たちだったが、ここに来て威勢を取り戻した。

「邪魔とは、何のことかな？」

近藤は、八十八を自らの背後に押しやると、男たちの前にずいっと歩み出た。

その途端、近藤の雰囲気が一気に変わった。

覇気とでもいうのだろうか——近付くだけで、吹き飛ばされてしまうような、圧倒的な存在感を放っている。

男たちも、それを感じたらしく、一歩、二歩と後退る。

「うるさい！　おれたちが、何をしようとかかわりねぇだろ！　さっさと消えろ！」

刀を抜いた男が吠える。

「そうはいかん。往来で女を取り囲んだだけでなく、それを助けに入った町人に刀を向ける——お主らの行いは、武士の風上にもおけん」

「御託はいい。死にたくなければ、消えろと言ってるんだ！」

「消えるのは、お主らの方だ。痛い目に遭わないうちに、早々に立ち去れ」

怒鳴ったわけではない。にもかかわらず、近藤の放った言葉が、大気を震わせているようだった。

「三人相手に勝てるとでも思ってるのか？」

刀を抜いた男が挑発する。

「端(はな)から数で勝負しようなど、愚かにも程があるな。まあ、お主らのような輩(やから)は、一人では何もできんだろう」

近藤は、そう言って高笑いした。

男たちは屈辱に血が上ったのか、顔を真っ赤にしながら一斉に「黙れ！」と叫んだ。

それでも、近藤は笑いを止(や)めなかった。

残った二人の男たちも、刀を抜くと、構えを取りながら、近藤を取り囲んで行く。

近藤の強さがいかほどのものか分からないが、さすがにこの状況は拙(まず)い。

「近藤さん！」

八十八が、堪(たま)らず声を上げると近藤が振り返った。そして、案ずる必要はない――という風に、大きく頷(うなず)いてみせた。

それが合図であったかのように、最初に刀を抜いた男が、近藤に斬りかかって行く。

近藤は、それを避(よ)けるどころか、目にも留まらぬ速さで突進し、男の懐に潜り込んでしまった。

急激に間合いを詰められ、男は刀を振り下ろせなくなる。

「遅くてあくびが出るわ」

近藤は、そう言うなり、男の鼻っ面に頭突きをお見舞いした。

男は、盛大に鼻血を撒き散らすと、白目を剝いて刀を取り落とす。そのまま崩れるように倒れ込んでいったが、途中でぴたっと止まった。

近藤が、男の首根っこを摑まえていたのだ。

「もう、気絶したか。やわな身体だな」

近藤は、そう言いながら、片手で男をぶんっと放り投げた。

放り投げられた男は、刀を構えていた残りの二人を薙ぎ倒すような恰好になった。

——何という豪腕だ。

八十八は、ただ啞然とするしかなかった。

男たちも完全に戦意を喪失してしまったらしく、二人で気絶した男を抱え、悲鳴を上げながら逃げて行った。

いやはや、とんでもない強さだ。

八十八はこれまで、土方や宗次郎を始めとした凄腕の男たちを見てきたが、近藤の強さは、そうしたものとはまったく別格だ。

鍛え抜かれた技や術ではなく、屈強な肉体から生み出される天性の強さのように思える。

しかし、それも近藤の強さの一端に過ぎないのかもしれない。これだけの豪腕で、土方や宗次郎のような技を繰り出したら、どんなことになるのか——それを想像すると、怖いとすら思えた。

「怪我（けが）はないか？」

近藤に問いかけられ、八十八は我に返る。

「あ、ありがとうございます」

慌てて礼を言う。

もし、近藤が来てくれなければ、八十八はあの男たちに斬られていただろう。

「礼を言う必要はない」

近藤が、にこっと笑った。

「し、しかし、助けて頂かなければ、私はどうなっていたか……」

「大したことじゃない。それより、あの場で女を助けに入るなど、なかなかできないことだ」

「そんな……強くもないのに、余計な手出しを……」

「それは違うな」

近藤の顔から笑みが消えた。

「え？」

「腕っ節だけが、強さではない。そのような考えを持つと、さっきの連中のようになる」

近藤は、男たちが逃げ去った方向に目をやった。

「そういうものですか？」

「うむ。そういうものだ。何にしても、歳三（としぞう）や宗次郎が、八十八さんに目をかける理由が分かった」

近藤は、そう言うと、拳が入ってしまいそうなほどの大口を開けて、豪快に笑った。

土方や宗次郎が、目をかけているとは、どういうことなのだろう？　二人から、八十八のことを何か聞いているということだろうか？

訊ねてみようかと思ったが、それより先に、近藤が笑いを引っ込めて、立っている女に目を向けた。

そうだった——ことの発端は、この女だった。

八十八は、改めて女に目を向ける。

切れ長の目に、ひな人形のような白い肌をしている。美しくはあるが、どこか線が細く、今にも消えてしまいそうな雰囲気がある。

もし、夜に見かけたら、幽霊であると勘違いしてしまいそうだ。

最初に見たときは、白い着物だと思っていたが、こうして改めて見ると、女の恰好は巫女（みこ）装束だった。

足許（あしもと）には、大きな荷物が置いてある。

「助けて頂き、ありがとうございます——」

女は、雅(みやび)な所作で丁寧に頭を下げる。

言葉の調子が、関東のものとは少し違う。もしかしたら、京辺りから旅をしてきたのかもしれない。

「礼には及びません」

近藤は、そこで一旦、言葉を止めて目を細めた。

「そもそも、助勢されるまでもなかったでしょう——」

近藤は、含みを持たせた言い方でそう続けた。

「滅相もございません。危ないところでした」

女は小さく薄い唇に、ふっと笑みを零(こぼ)した。

何だろう——美しいことに変わりはないのだが、そこには、何の感情も籠もっていないような気がした。

空っぽの笑み——そんな印象だった。

「まあ、そういうことにしておきますか」

近藤が笑みを返す。

「何かお礼をしたいところですが、急ぐ身故に、また日を改めて——」

女は、そう告げると、足許の荷物を背負って歩き去って行った。

二

八十八は、鳥居の前で一度足を止めた。

かつては朱色に塗られていたのだろうが、今は塗りが剝げ、その辺に生えている木と大差のない色をしている。

境内は雑草が生い茂り、対になっている狛犬は、苔に覆われている。

ずいぶん前に放置されて、荒れ放題になっている神社だ。

八十八は、鳥居を潜り、境内に足を踏み入れた。

別に、肝試しをしようというわけでも、賽銭泥棒を働こうとしているわけでもない。

ある男に会いに来たのだ。

名を浮雲——という。

本当の名は知らない。本人が名乗らないので、仕方なく八十八が付けた呼び名が定着してしまった。

浮雲は、別に神主ではない。

蛻の殻となったこの神社に、勝手に棲み着いている罰当たりな男だ。

浮雲は、手癖が悪い上に、女にだらしがなく、年中酒を吞んでいて、おおよそ褒めるべきところがない男だが、生業としている憑きもの落としの腕だけは一流だ。

八十八が、浮雲と出会ったのも、姉のお小夜が幽霊に憑かれ、ある人物の紹介ですがったのがきっかけだった。

それ以来、成り行きで様々な心霊事件を一緒に追いかけることになり、何かと親交がある。

しかし、今日は心霊事件を持ち込もうというわけではない。別に用件があってのことだ。

「こんにちは」

八十八は、声をかけながら社の格子戸を開けた。

「何だ。八か——」

いつものように、壁に寄りかかるように座り、盃の酒をちびちびとやっていた浮雲が、気怠げな声を上げた。

髷も結わないぼさぼさ頭で、白い着物を着流している。肌は死人のようで、着物の色よりなお白い。

浮雲の脇には、黒猫が丸くなって眠っている。猫又の一件以来、ここに棲み着いている猫だ。

「で、今日は何の用だ?」

浮雲は、きっと鋭い眼光を八十八に向けた。

その双眸は、まるで血の色のように、鮮やかな緋色に染まっている。浮雲の瞳は、ただ赤いだけではない。死者の魂――つまり幽霊が見えるのだ。

浮雲が、一流の憑きもの落としであるのは、その特異な体質によるところが大きい。

「あっ、実は、少し見て頂きたいものがありまして……」

そう応じながら、八十八は一枚の絵を浮雲に差し出した。

八十八が描いたものだ。

呉服屋の倅ではあるが、八十八は絵師を志している。描いた絵の忌憚なき意見を聞きたいと思い、こうして足を運んだのだ。

浮雲に見せると、だいたいは辛辣な意見が飛んでくる。とはいえ、それが参考になるのも事実で、こうして時折見てもらっている。

浮雲は、絵を手に取り、「ふむ」と大きく頷いた。

「どうです？」

八十八が訊ねると、浮雲は尖った顎に手を当てる。

「お小夜を描いたのか？」

「はい」

浮雲が指摘した通り、姉のお小夜が、縁側に佇んでいる姿を描いた。

「全然駄目だな」

浮雲が、八十八に絵を突っ返してきた。

「何が駄目なのです？」

そう訊ねたのは、浮雲の言い様に納得していないからではない。自分自身、この絵には何かが足りないのは分かっている。

だが、その足りない何かが、何なのか分からない。そこで、浮雲に意見を求めに来たというわけだ。

「分からんか？」

「分からないから訊いているのです」

八十八が言い募ると、浮雲は、はあーっと長いため息を吐いた。

「お小夜は女だろう」

「ええ」

「この絵のお小夜は、姿形こそ女だが、女ではない」

「どういう意味です？」

「女というのは、もっと艶やかなものだ。お前の姉のお小夜など、したたるような艶があるではないか」

にやにやしながら言う浮雲を見て、思わずむっとなる。

　女癖の悪い浮雲は、何かというと、すぐにそういう下世話な方向に話を持って行きたがる。

「そんな嫌らしい目で見ないで下さい。私にとっては、大切な姉さんなのです」

「だったら、それを描けばいいだろ」

「へ？」

「ただ綺麗に描くだけでなく、お前の目から見た、姉としてのお小夜を描けばいいと言っているんだ」

「描けてませんか？」

「描けてないね。これでは、中身が空っぽの人形と変わらん」

「……………」

　八十八は、首を傾げる。

「姿形だけ真似ても、人形は、人にはなれん。そういうことだ――」

　浮雲の言わんとしていることは分かる。確かに、姿形を写し取ることに、意識が行っていたかもしれない。

　しかし、絵で中身を表現するというのは、とてつもなく難しい。単なる技巧でどうこうなるとは到底思えない。

　果たしてどうしたものか？

「どこかで、転んだのか？」

浮雲の問い掛けが、八十八の考えを遮った。

「え？」

「着物が汚れている」

言われて、「ああ——」となる。浪人に突き飛ばされ、転倒したときに土が付いたのだろう。

八十八はここにくる途中で起きた出来事を、浮雲に話して聞かせた。

話を終えるや否や、浮雲は「近藤らしい」と、噴き出すようにして笑った。

八十八も「そうですね」と賛同の声を上げる。近藤に会ったのは、二回だけだが、それでも、単に豪快なだけではなく、他人を惹き付ける強い魅力を持った男であることは分かる。

「まあ、何にしても、八は余計なことに首を突っ込まないことだ」

浮雲が、瓢の酒を盃に注ぎながら言う。

「余計なこと？」

「近藤が通りかかったから良かったようなものの、お前みたいな弱っちい男が、浪人に喧嘩をふっかければ、どういうことになるか分かるだろう」

「別に、喧嘩をふっかけたわけではありません」

「お前にそのつもりがなくても、向こうからしたら、そういう受け止め方になるんだ」

浮雲の言うことは一理ある。

今になって思えば、町人風情に止められたのでは、浪人としても引っ込みがつかなくなるものだ。

それは分かるが——。

「でも、放っておくことはできません」

八十八がそう言い張ると、浮雲が苦笑いを浮かべたあと、一気に盃の酒を呑み干した。

「そうやって、すぐ突っ走るから駄目なんだ。これからは、自分で突っかからずに、助けを呼べ」

「はあ……」

もう、ぐうの音も出ない。

確かにあの場合、自分でどうにかしようとせず、助けを呼ぶというのが、正しい判断だったかもしれない。

「まあ、何にしても、これで余計に断れなくなったな……」

浮雲がそうぼやいた。

「何の話です？」

八十八が問うと、浮雲がぐいっと左の眉を吊り上げた。

「お前と道で会う前、近藤はここに来ていたんだ」

「そうだったんですか」

だから、浮雲のところに行こうとしている八十八と、運良く出会すことができたというわけだ。

「近藤さんは、何をしに来たんですか？」

八十八が訊ねると、浮雲は苛立たしげに頭をがりがりとかいた。

「心霊事件の解決を頼んできたんだよ」

「そうでしたか……」

「近藤は、八と一緒で、余計なことに首を突っ込むところがあるからな――」

認めないわけにはいかない。八十八は、放っておけない性質のせいで、何かと厄介事を拾ってしまう傾向がある。

近藤も、おそらくそうなのだろう。だから、八十八を助けてくれた。

「行くのですか？」

八十八が訊ねると、浮雲が首筋にぱちんっと手を当てる。

「適当な理由を付けて、断ろうと思っていたが、借りができちまったからな……」

浮雲が言う借り――とは、おそらく八十八が先ほど助けてもらったことを言っているのだろう。

どんな案件かは知らないが、自分のことで浮雲が動かなければならなくなったというのは、どうにも居心地が悪い。

「ごちゃごちゃ言っても仕方ねぇ。さっさと片付けるか――」

浮雲は、そう言うと傍らにあった金剛杖を手に取り、すっと立ち上がった。

黒猫が目を開けて、なぁーと鳴いた。

何だか催促されているような気分になる。

「私も行きます」

八十八は、浮雲を見上げながらそう告げた。

三

「それで――近藤さんから、いったいどんな依頼を受けたのですか？」

八十八は、隣を歩く浮雲に訊ねた。

社の中にいたときとは違い、両眼を覆うように赤い布を巻き、金剛杖を突きながら、盲人のふりをして歩いている。

赤い双眸を隠す為、浮雲は外に出るときは、いつもこうしている。

八十八などは、綺麗な瞳なのだから、隠す必要はないと思うのだが、浮雲から言わせれば、そんな風に思う人間はごく稀なのだそうだ。

口にこそ出さないが、浮雲は赤い眼のせいで、これまで幾度となく嫌な思いをしてきたのだろう。

ただ、分からないこともある。

そうやって眼を隠している割に、両眼を覆う赤い布には、墨で眼が描かれている。はっきり言ってかなり不気味だし、余計に人目を引いている気がするが、そこについては、まったくの無頓着である。

「まあ、よくある心霊現象だろうよ――」

浮雲は、いかにも面倒臭いといった調子で言う。

「と、いうと？」

「神楽坂に、堀口という武家があるのは知ってるか？」

「はい」

以前に、反物を届けに行ったことがある。まあ、使用人に渡しただけのことだが、それでも、神楽坂の中心部にある屋敷は、かなりの広さがあった。

詳しいことまでは分からないが、幕府の重役とも懇意にしていて、かなり有力な武家であるという話を耳にしたこともある。

「その堀口家で心霊現象が起きてるって話だ」

「どんな心霊現象なのです？」

「知らん」

浮雲が一蹴した。

「何も聞いてないんですか？」

「ああ。近藤も、詳しいことまでは分からないらしい。ただ、腕利きの霊媒師を紹介して欲しいと言われただけのようだ」

「それで、浮雲さんのところに？」

「そのようだ。さっきも言ったが、近藤はああいう性分だからな。ろくに話も聞かずに、ほいほい引き受けたんだろうよ」

浮雲が投げ遣りに言った。

本当なら、詳しく事情も聞かずに引き受けるなんて酷い話なのだが、近藤のしたこととなると、仕方ないと思えてしまうのが不思議だ。

「では、行ってみないことには、分からないということですね」

「そういうことになるが、どうせ大した話じゃねぇよ」

浮雲は、あくびを嚙み殺しながら言う。

「そう思う拠り所は何です？」

「拠り所なんかねぇよ。ただ、何となくだよ」

「そんな風に言っていて、もし大変な事件だったら、どうするんですか？」

「そのときは、早々に退散するさ」

浮雲は、気怠げに言った。

だが、浮雲が実際に逃げ出すようなことはないだろう。何だかんだ言いながら、情に厚いのが、浮雲の唯一の美徳と言ってもいい。

などと考えながら歩いていると、やがて堀口家の門が見えてきた。

立派な門構えで、その前に二人の武士が門番として立っていた。

浮雲が門に近付いて行くと、すぐさま、武士二人がその行く手を遮った。

「何用だ？」

武士が、威圧的に問う。

「試衛館の近藤の紹介で来た憑きもの落としだ――」

浮雲が答える。

武士たちは疑っているのか、浮雲と八十八に、交互に詮議するような視線を送ってくる。

別にやましいことがあるわけではないのに、妙に緊張してしまう。

「証(あかし)はあるか？　ないなら早々に立ち去れ」

武士の一人が突っかかるように言う。

その態度が、浮雲の気持ちを逆撫でしてしまったようだ。普段から、武士が嫌いだと公言している浮雲だ。こうも、居丈高に来られては、どうなるか分かったものではない。

見ている八十八の方がひやひやしてしまい、背中にたっぷりと冷たい汗をかいた。

浮雲は、怒りに表情を歪めたものの、下手なことをすれば、近藤に迷惑がかかると思い直したのか、懐から書状を取り出した。

「近藤からの紹介状だ──」

浮雲が、武士に書状を差し出しながら言う。

「寄越せ」

武士は、その書状を取ろうとしたが、その前にはらりと地面に落ちてしまった。

「すまんな。手許が狂った」

そう言った浮雲の声には、笑みが含まれていた。

──絶対にわざとだ。

「拾え」

武士が命じるが、浮雲は動こうとしなかった。

「悪いな。おれは盲目でね。どこに落ちているか見えんのだよ」

武士たちは、浮雲の態度に腹を立てた様子だったが、相手が盲目であることで諦めたのか、舌打ちをしながらも書状を拾い、目を通して行く。

「入れ――」

納得したのか、武士は門を開けた。

「行くぞ」

浮雲が、八十八を促す。

こんな殺伐とした中に入って行くのは、どうにも気が進まないが、ここまで来ておいて後戻りもできない。

八十八は、仕方なく浮雲と門を潜った。

「霊媒師の方ですね――」

中に入ると、女中と思しき女が声をかけてきた。

浮雲が「そうだ」と応じると、「こちらにどうぞ――」と先導して歩き出した。

女中は、屋敷の奥にある襖の前まで浮雲と八十八を案内すると、「どうぞ。中でお待ち下さい」と一礼したあと、そそくさと立ち去った。

「妙だな」

浮雲が、尖った顎に手をやりながら呟く。

「何が妙なのです?」

浮雲は、八十八の問いなど聞こえていないかのように、襖を見つめて何かを思案している。

「あの……」

八十八の声を遮るように、浮雲は「まあ、入れば分かることだ……」と呟き、すっと襖を開けた。

いきなり視界に飛び込んできた光景に、八十八は思わず目を剝いた。

そこは、二十畳ほどある大広間だった。

部屋自体は、これといって変わったところはない。ただ、その中身があまりに異様だった。

中には、十人を超える人たちが座していた。

困惑する八十八を余所に、浮雲は「そういうことか……」と、訳知り顔で呟いた。

四

「これは、いったい……」

八十八は、部屋に座る面々を見渡しながら呟いた。

部屋の中にいるのは、てっきり依頼主だと思っていた。ところが、十数人の人たちがひしめき合うように座っている。

しかも——。

法衣を纏っていたり、鈴掛に袴の山伏の恰好だったり、易者らしき恰好をした人だったりと、何とも異様だった。

いや、一人一人の恰好は、別におかしいことはないのだが、ひとつ所に集まって座している様が普通ではなかった。

「霊媒師を、片っ端から集めたってわけか」

浮雲が、苦い笑いを浮かべる。

「霊媒師を集める？」

八十八が訊き返すと、浮雲は墨で描かれた眼で、八十八を一瞥したあと、「ああ」と頷いてから話を続ける。

「この連中は、おそらく全て霊媒師だ」

「どうして、こんなにたくさん集めたのです？」

「もちろん心霊現象を解決する為だろう」

浮雲はあっさり言う。

いや、しかし——身形からして、みな信仰するものが違う。詳しいことは知らないが、霊媒の方法も違うはずだ。

「こんなばらばらで、心霊現象が解決できるのですか？」

「試すつもりなんだろうよ」

浮雲は、部屋の中の面々を睨め回すように見渡す。

「試すって何をです？」

「霊媒師と一口に言っても、何だかんだと口実をつけて、高い札を買わせるだけの阿漕な連中が多い――」

――なるほど。

そこまで聞けば、八十八にも堀口家の目論見が見えてきた。

「つまり、方々から霊媒師を集め、その能力が本物か試そうというわけですか？」

八十八が問うと、浮雲が大きく頷いた。

「まったく。だから、武家は嫌いなんだよ」

浮雲の声には、苛立ちが染み込んでいた。

まあ、その気持ちは分からなくもない。自分で頼んでおいて、その腕を試そうとしている。あくまで、自分たちの方が上位であると誇示する武家の傲慢さが如実に出ている。

八十八も、家業の呉服屋で似たようなことをやられることはよくある。

「どうするのです？」

八十八は、浮雲の横顔に目を向けた。

浮雲は、薄い唇を真っ直ぐに引き結び、押し黙っている。

おそらく、試されるようなことをするなら、早々に立ち去ってしまいたいと考えているだろう。だが、それでは、紹介した近藤の顔が立たない。

両方を天秤にかけ、どうすべきか思案しているといったところだろう。

しばらく、無言を貫いていた浮雲だったが、やがてくるりと部屋に背中を向けた。

「帰るのですか？」

八十八が問うと、浮雲はわずかに振り返り、「ああ」と口にした。

さすがに、八十八も無責任だとは思わない。そもそも乗り気ではなかったのだ。試されるなら、無理に何かする必要もないし、これだけの霊媒師がいれば、心霊現象も解決できるだろう。

「お逃げになるのですか？」

浮雲が、歩き出そうとしたところで声がした。

「逃げる？」

浮雲が、口許を歪める。

声をかけてきたのは、襖の近くに座っている男だった。狩衣を身につけ、烏帽子を被っている。恰好からして、陰陽師のようだ。

「怖くなって逃げ出すのでしょう？　或いは、あなたは偽物の霊媒師かもしれませんねえ」

陰陽師らしき男が、そう続けた。

尾を引くような、ねちっこい言い方は、明らかに浮雲を挑発していた。

「ほう。では、お前は本物だと言うのか?」

浮雲は、身体を向け、墨で描かれた眼で陰陽師を見据える。

「もちろんです。私は、西ではそれなりに名の知れた陰陽師です。こんなに集めずとも、私一人で充分です」

陰陽師が立ち上がりながら言った。

胸を張り、堂々としているが、自信というより、傲慢さの窺(うかが)える立ち居振る舞いだ。

陰陽師の放った言葉で、部屋の中がざわつく。

このような形で霊媒師を選別されることに苛立ちを覚えているのは、何も浮雲だけではないのだろう。

部屋の中にいる者たちが、みな一様に不満を抱えている。

そして、この陰陽師も――。

だからこそ、帰ろうとした浮雲に突っかかってきたのだ。

「それだけ自信があるなら、お前一人でやればいいだろ。おれは、下らん茶番に付き合っている暇はない」

浮雲がぴしゃりと言うと、陰陽師はくっ、くっ、くっ、と押し殺した声で笑った。

「強がりも、ここまで来ると見苦しいですね」

「別に、強がってるわけじゃねぇ」

「ならば、ここに留まってもよいでしょう。帰るということは、やはり怖いのではないですか？」

　陰陽師が、流し目で浮雲を見る。

　ここまで言われては、激高するだろうと思っていたが、八十八の見込みに反して浮雲は冷静だった。

「さすが、ご高名な陰陽師様だ。全てお見通しってわけだ」

　浮雲の態度が思惑外れだったのか、一瞬、驚いた顔をした陰陽師だったが、すぐにそれを笑みに変えた。

「ええ。私は、全てを見通すことができるのです」

「そいつは凄い。ご高名な陰陽師様に、ご高説を一つ承りたい」

　浮雲の口の端が、にっと僅かに吊り上がった。

　こういう顔をするのは、何か良からぬことを考えているという証拠だ。

「何なりと――」

　陰陽師も、浮雲の態度に何かを感じていただろうが、敢えてこれまでの態度を崩さずに傲慢に言う。

「あんたは、さっきから何を背負っているんだ？」

浮雲が、押し殺したように言いながら、すうっと陰陽師の背後を指差す。

陰陽師は、一度振り返り、何もないことを確かめてから、怪訝な表情を浮雲に向ける。

「何を言っているのです？　私は、何も背負っていません」

「惚けるなよ。背負ってるじゃないか」

「ですから――」

「女の幽霊を背負ってるだろ」

浮雲が、陰陽師の言葉を遮り言った。

「ええっ！」

八十八は、あまりのことに悲鳴に近い声を上げながら飛び退いた。

この陰陽師には、幽霊がとり憑いているというのか――八十八は、改めて陰陽師に目を向ける。

だが、八十八の目には何も見えない。

陰陽師も、しきりに振り返ったり、自分の背中を触ったりしながら確かめるが、何も見えなかったらしく、怒りを込めた目を浮雲に向ける。

「そのような嘘に、私が動じるとでもお思いか？」

からかわれたと判断したのか、陰陽師は怒りを滲ませた口調で言う。

――充分動じていたと思う。

など思いはしたが、八十八は口に出すことなく、成り行きを見守った。

「嘘じゃねぇよ。あんたの背後には、幽霊が憑いている。髪の長い老婆だ。ずいぶんと、お前を恨んでいるようだな」

浮雲の、感情が籠もっていない言い様と、墨で描かれた眼とが相まって、辺りの様子がどんどんと張り詰めていく。

「し、知らん……」

陰陽師が首を左右に振った。

浮雲は、ずいっと陰陽師に顔を近付ける。墨で描かれた眼に搦め捕られたのか、陰陽師は顔を背けることすらできないでいた。

「嘘はいけない。本当は、心当たりがあるんじゃないのか?」

浮雲が、囁くような声で問う。

陰陽師の顔が、気圧されて、みるみる青ざめていくのが分かった。

「嘘を言っているのは、お前の方だ」

「嘘じゃねぇぜ」

部屋の中央から声が上がった。

目を向けると、そこにいたのは、山伏の恰好をした男だった。肩幅が広く、恰幅がいい。

口の周りは髭(ひげ)で覆われ、いかつい顔立ちをしていた。

「何？」

陰陽師が問うと、山伏がゆらりと立ち上がった。

座っていても、かなり大柄であることは分かったが、こうして立ち上がると、その迫力は一入(ひとしお)だ。

「白い着物の兄さんが言ったことは、本当だと言ったんだ。あんたには、女の幽霊がずっと憑いている」

山伏が、陰陽師の背後を指差す。

「な、何を言っている？　何で、そんなことが分かるんだ？」

陰陽師は早口で言う。

表情は引き攣(つ)り、額には玉のような汗が浮かんでいる。

浮雲に言われただけなら構わなかった。だが、別の者にも、幽霊が憑いていると指摘され、動揺が色濃くなっている。

「お前さんには、分からないのか？　霊媒師だろ？　見えないってのは、どうにもおかしいじゃねぇか」

山伏が、にやにやと笑みを浮かべる。

「出鱈目(でたらめ)を言うな」

陰陽師が激しく首を振る。

それを嘲(あざけ)るように、部屋の中に笑い声が響いた。

「何がおかしい」

陰陽師が問うと、部屋の手前にいた男が、すうっと立ち上がった。痩身で、目が魚のようにぎょろっとした男で、ぼろぼろの着物を着ている。

胸の前に、文楽で使うような人形を抱えていた。神主の恰好をした人形で、持っている男の身形に反して、凛(りん)とした佇まいだった。

「傀儡師(くぐつし)か……」

浮雲がぽつりと呟く。

傀儡師といえば、木の人形を操り、芝居などを演じている旅芸人のことだ。

「傀儡師は霊媒師ではありませんよね？」

「本来は、芝居を演じるだけだが、中には人形を遣った憑きもの落としを生業とする者がいる」

あの男は、まさにそれということか――。

傀儡師の男は、こちらに目配せをすると、ひひっと何とも不気味な声で笑った。

「その薄気味の悪い笑いを止めろ」

陰陽師が、苛立ちの声を上げる。

「笑いたくもなるでしょ」

傀儡師が言った。

だが、口がほとんど動いていない。逆に、抱えた人形の口が、カタカタと不気味に動く。まるで、人形の方が喋ったように思えてしまう。

「どういうことだ？」

陰陽師が、傀儡師を睨み付ける。

「自分にとり憑いている幽霊も見えていないなんて、滑稽じゃありませんか」

傀儡師が――いや、人形が、大口を開けて笑う。

あまりの不気味さに、八十八は息を呑んだ。陰陽師も、恐怖を感じているらしく、かわいそうなくらい、怯えてしまっている。

だが、それは陰陽師に限ったことではない。部屋の中にいる他の霊媒師にも、動揺が広がっていた。

「ふ、ふざけるな！　いい加減にしないと、この場でお前を叩きのめすぞ！」

陰陽師が、やけっぱちになったのか、顔を真っ赤にして叫ぶ。

「確かに、あなたには幽霊がとり憑いていますね――」

部屋の一番奥から声がした。

人々の背後にあって、その姿ははっきり見えないが、声からして若い女だろう。

「いい加減なことを言うな!」

陰陽師が一喝すると、部屋の奥で女が立ち上がった。

声の主であろう。

その顔を見て、八十八は思わずはっとなる。

あれは、さっき浮雲の神社に向かう途中で出会った女だ。

なぜここに——訝しくはあったが、すぐにそれは打ち消された。あの女は、恰好の通り巫女なのだろう。

あの巫女も、霊媒師として堀口家に呼ばれ、そこに向かう途中だったということだ。

「いい加減なことではありません。あなたも霊媒師であれば、ご自分に憑いている幽霊が見えるはずです」

巫女は、抑揚の感じられない冷たい声で言った。

陰陽師の額に浮かんでいた汗が、たらりと頬を伝い、顎先から滴り落ちる。

「ほら——そこにいるじゃないですか」

巫女は、止めを刺すように、陰陽師を指差した。

白いしなやかな指先を突きつけられ、しばらく放心していた陰陽師だったが、急に何かを思い出したように、足許の荷物を抱えると、浮雲を押しのけて部屋を出て行ってしまった。

あまりのことに、部屋の中は静寂に包まれた。

しばらく、陰陽師の去っていった方を見ていた八十八だったが、ふと何者かの視線を感じ、はっと顔を向ける。

さっきの巫女だった。

切れ長の目で、じっと八十八を見つめている。

「あ、あなたは……」

八十八の言葉を遮るように、巫女が丁寧に黙礼をした。

どうやら、向こうも八十八のことに気付いていたらしい。とはいえ、この場で、親しげに声をかけるような仲でもない。

八十八も、巫女に倣って黙礼を返した。

「さっきの幽霊が見えていない奴（やつ）は、偽物の烙印（らくいん）を押される前に、さっさと帰った方がいいと思うぞ」

山伏の声が、静寂を打ち破った。

部屋にいる者たちの視線が、一斉に山伏に向けられる。

山伏は、そこにいる者たちを一人一人、見返して行く。「お前は、見えていたか？」と、問いかけているかのようだ。

しばらくそうしていると、五人ほどが立ち上がり、無言のまま荷物をまとめて部屋を出て行った。

人数は一気に半分ほどに減った。

おそらく、出て行った者たちは、浮雲や山伏たちが言う幽霊が、見えていなかったということなのだろう。

——待てよ。

八十八は、ここである考えに至った。

「あの陰陽師には、本当に幽霊が憑いていたのですか？」

八十八が問うと、浮雲がふんっと鼻を鳴らして笑った。

「そんなわけねぇだろ。妙に突っかかってくるから、ちょっと脅しただけのことだ」

「だったら、さっき帰った人たちは、騙されたってことになるじゃないですか」

そこにいない幽霊が見えないせいで、引き揚げることになったのだとしたら、あまりにかわいそうだ。

「騙される奴が悪いのさ」

言ったのは浮雲ではなく山伏だった。

この言い様。山伏も、幽霊がいないことを承知で、追い出すような振る舞いをしたことになる。

「いや、しかし……」

「本物の霊媒師なら、幽霊の話が、でっち上げだってことくらい、簡単に分かるさ。そうだろ――」

山伏が、傀儡師と巫女に、それぞれ目を向けた。

傀儡師は、ひひっと不気味な笑い声を立て、巫女は表情を変えることなく、黙って頷いた。

どうやら、あの二人も全てを承知していたということのようだ。

言われてみれば、確かにそうかもしれない。本物の霊媒師なら、幽霊の件が茶番であることを見抜くのは容易い。

別に、引き揚げる必要もなく、堂々としていればいいのだ。

部屋を出て行ったということは、浮雲たちの話が、嘘か真か、判断できなかったという証拠だ。

「何にしても、これで少しはすっきりした。偽物が大勢いたんじゃ、除霊もくそもないからな」

山伏は、そう言うとがははっと豪快に声を上げて笑った。愉快そうな山伏を見て、八十八も思わず笑みを零した。

強面であることも手伝って、最初は傲慢で嫌な奴かと思ったが、実際は少し違うようだ。

全てを承知した上で、浮雲と陰陽師の諍いに助け船を出したと考えると、近藤のように懐の深い人物なのかもしれない。

「それで、あんたはどうするね？」

しばらく笑ったあと、山伏は浮雲に目を向けた。

そうだった。今回の揉め事は、浮雲が帰ろうとしたところに、陰陽師が嘲りの言葉を投げたことに発する。

浮雲は、このまま帰るつもりだろうか？　それとも——。

「そうだな。面白そうだから、もう少し見ていくさ」

浮雲はそう答えると、改めて部屋の中に入り、空いているところに腰を下ろした。

八十八もあとに続こうとしたが、山伏に手招きされた。

——何だろう？

そう思いながらも、八十八は歩み寄る。

「お前さん。あの白い着物の兄さんの連れだろ？」

山伏がそう問いかけてきた。

「はい」

「あの男は、どうして見えないふりをしている？」

山伏が耳打ちした。

突然のことに、八十八は驚きで言葉を失った。この山伏は、浮雲が盲目でないことを見抜いている。

どうして、それが分かったのか？

「言いたくないなら、別に無理強いはしねぇよ」

山伏は気楽な口調で言うと、興味をなくしたのか、その場にすとんと腰を落とした。

八十八は、困惑しながらも浮雲の隣に移動して腰を落ち着ける。

「あの男と何を話した」

浮雲が真っ直ぐ前を見ながら、小声で訊ねてきた。

あの様子を見ていれば、そこが引っかかるのは当然だ。八十八が答えようとしたところで、部屋の中に武士が入って来た――。

五

部屋に入って来た武士は、上座に立つと、値踏みするようにその部屋にいる面々を見渡した。

「堀口家の家臣、田所藤吉（たどころとうきち）と申す――」

いかにも武士といった感じで、田所が名乗る。

心霊事件を解決して欲しいと依頼して来たのは、堀口家のはずだが、この振る舞いを見ると、立場が逆であるように思える。

だが、武士を相手に、そんなことを言っても始まらない。そもそも、八十八は浮雲の付き添いに過ぎないのだから、文句を言う筋ではない。

ふと視線を向けると、浮雲は無表情で腕組みをしていた。

怒りはあるのだろうが、それを表に出さないように、抑えているのだろう。

「帰った者たちのことは既に聞いている。ここに残った者たちは、それなりに腕に覚えのある霊媒師ということであろう」

田所は、そこまで言って、部屋の中にいる者たちを改めて見回す。

「御託はいい。さっさと仕事を始めようじゃねぇか」

口にしたのは、さっきの山伏だった。

武士に対しての口の利き方ではない。もしかしたら、あの山伏も、浮雲と同じように武家を嫌っているのかもしれない。

田所は、むっと露骨に嫌な顔をして山伏を睨み付ける。だが、山伏は動じるどころか、にやりと笑ってみせた。

田所は、癪に障ったらしかったが、咳払いをしてから話を続ける。

「堀口家では、このところ、奇妙な出来事が相次いでいる。諸君には、それを解決して頂きたい。見事解決した者には、満足のいく褒美を取らす」

「満足のいく褒美ってのは、いったいいかほどだ？」

また山伏が口を挟む。

「五百両」

五百両は大金だ。それだけの報賞を貰えることに、文句のある人間はいないだろう。部屋の中から、どよめきが起こる。

守銭奴の浮雲は、さぞ喜んでいるだろうと思って目を向ける。だが、八十八の考えは外れていた。

浮雲は、腕組みをしたまま、頬をひくつかせている。

「金額が不満ですか？」

八十八が小声で訊ねると、浮雲はふうっとため息を吐く。

「ああ。不満だね」

「強欲ですね」

「そうじゃねぇ。物事には、相場というものがある。あいつの示している金額は、明らかにそれを超えている。つまり、高過ぎるんだよ」

確かに――。

言われてみれば、報賞金があまりに高額過ぎる。何か裏があると勘繰るのも、当然のことだ。

「それで――私どもに、いったいどのような心霊現象を解決させようというのですか？」

声を上げたのは、例の巫女だった。

詳しいことを知らないのは、自分たちばかりだと思っていたが、どうやら、他の者たちも心霊現象の詳細について報されていないらしい。

「堀口家の嫡男である、浩太朗様が、幽霊に憑依されている。これを、祓って頂きたい」

田所が告げる。

「本当に、それだけですか？」

巫女がさらに問いを重ねる。どうやら、浮雲と一緒で、報賞金の高さに、納得がいっていないらしい。

「無論、それだけではない。ただ、この先については、今の段階では話すわけにはいかない」

田所がきっぱりと言う。

「どうしてだ？」

追及したのは、山伏だった。

「そう易々と口にできる問題ではないからだ」

「では、いつになったら、それを教えてもらえるんだ？」

「浩太朗様に憑依している幽霊を祓った者にのみ、その先について話させて頂く——」

田所が言い終わるのと同時に、部屋の中が静まり返った。

誰もが、これ以上、追及したところで、田所がその先を口にしないであろうことを悟ったはずだ。

同時に、此度の依頼に何か裏があることを、察したに違いない。

何とも怪しい話だ。

法衣を纏った僧侶らしき老人が、静けさを打ち破るように立ち上がった。

「わしは、帰らせてもらう」

老人はそう言うと、すたすたと部屋を出て行く。田所も含め、誰も彼を止めようとはしなかった。

「他に帰る者はいるか？」

田所が、部屋の中を見回しながら問う。

その視線を受け、真っ黒な着物を着た男が立ち上がり、一礼して部屋を出て行った。

それをきっかけに、部屋の中にいる者たちが、次々と席を立ち、部屋を出て行く。

てっきり浮雲も帰るかと思ったが、腕組みをしたまま動かない。

「帰らないのですか？」

一応、訊ねてみた。

返答はなかった。ただ、何かを思案するように、口をへの字に曲げている。どうにも、浮雲らしくない気がする。

気付けば、部屋に残ったのは浮雲と八十八。それに、さっき浮雲に助け船を出した山伏、傀儡師、巫女だけになっていた。

「では、残った者はこちらに――」

田所が、部屋にいる者たちを先導するように、歩き出した。

山伏を先頭に、残った者たちが、ぞろぞろとついて行く。だが、浮雲は墨の眼で虚空を見つめたまま動かない。

今、浮雲は何を思案しているのだろう？

「行かないのですか？」

声をかけられ、八十八ははっと顔を上げる。

巫女だった。

「あっ、えっと……」

八十八が、戸惑った声を上げると、巫女は腰を折って頭を下げた。

「先ほどは、助けて頂きありがとうございます。ろくに礼も言わずに、立ち去ってしまい、申し訳ございません」

　綺麗な響きのある声だが、抑揚がないせいか、礼を言われている気がしない。

「知り合いか？」

　浮雲が、巫女を一瞥してから訊ねてきた。

「あっ、はい。あの……さっき社で話した……」

　そこまで言うと、浮雲は何のことか察したらしく、「あれか――」と呟いた。

「どうされました？　行かないのですか？」

　巫女が、再び訊ねてくる。

「まあ、ここであれこれ考えていても仕方ない。取り敢えず、行くか――」

　浮雲は、気怠げに言いながら立ち上がった。

六

　田所の案内で連れて来られたのは、敷地の外れにある蔵だった――。

　白い壁の土蔵で、立派な鍵付きの観音開きの扉が設えてある。そして、扉の前には、番をしている武士が一人いた。

「浩太朗様は、この蔵の中にいらっしゃいます」

田所が、すっと蔵の扉を指し示しながら告げた。

「なぜ、このようなところに？」

そう問うたのは巫女だった。

「幽霊に憑依されて以来、浩太朗様は酷く暴れるようになった。こうして閉じ込めておく他、手がなかった」

田所が、無念そうに頭を振った。

八十八もかわいそうだとは思うが、仕方ないことだ。以前、八十八がある心霊事件にかかわったときも、憑依された人を同じように蔵に閉じ込めていたことがある。

「まずは、見てみないことには始まりませんな」

そう言ったのは、傀儡師だった。

相変わらず口があまり動かず、人形の方の口がカタカタと動くものだから、どちらが操られているのか分からなくなる。

「では――」

田所が目配せすると、番をしていた武士が、鍵穴に鍵を差し込み、錠を外してから扉を開けた。

蝶番が擦れて、ぎぃぃ――という不気味な音を立てる。

陽の光が差し込むが、それは入口付近だけだった。蔵の奥は、墨で塗り潰したように暗い。

田所が、先導して中に入る。

それに山伏、傀儡師、巫女の順で続く。浮雲は——じっと入口に立ったまま動かない。

「怖いのなら帰った方がいいですよ」

傀儡師が、ぎょろっとした目で浮雲を見る。

嘲りに満ちたその視線を受け、機嫌を損ねるかと思ったが、浮雲はふっと笑みを零しただけで、無言のまま蔵に入った。

あとに続こうとした八十八だったが、入口を潜る前に足が止まってしまった。

具体的に、何かあるわけではない。それなのに、まるで蔵の入口に、結界が張り巡らされ、人が入ることを拒んでいるように感じられた。

「ここにいていいぞ」

浮雲が、八十八の心情を察したらしく、わずかに振り返った。

そんな風に気を遣われると、足を引っ張っているように思えて、何とも居心地が悪い。

まあ、八十八などが中に入ったところで、何の役にも立たないのだが——。

「行きます」

八十八は、覚悟を決めて足を踏み出すと、蔵の中に入った。

チリン——。

背後で鈴の音がした。

慌てて振り返ったが、そこには番をしている武士が一人いるだけで、鈴は見当たらなかった。何だったのだろう——考えている間に、番をしている武士が、外から観音開きの扉を閉めた。

バタン——という音とともに、蔵の中が完全な闇に支配される。

現世から隔絶されたようだ。

外で錠を閉める音がした。より一層、孤立してしまったような気がする。

八十八は、不安に駆られ、いてもたってもいられず、何かにすがろうと闇の中で手探りした。

指に布の感触があった。

おそらく浮雲の着物だ——八十八は、ぎゅっとそれを握った。

手が小刻みに震えている。着物を通して、この震えが浮雲に伝わっているだろう。怯え過ぎだとあとで罵られるかもしれないが、今の八十八にそんなことを気にしている余裕はなかった。

やがて、蔵の中に小さな明かりが灯る。

田所が、燭台に火を点けたのだ。

豆粒ほどの小さな炎を、これほどまでに救いだと感じたことはなかった。

ほっと胸を撫で下ろした八十八だったが、顔を上げたところで、思わず「わぁ！」と声を上げた。

てっきり、浮雲の着物を摑んでいると思っていたのだが、八十八が握っていたのは、巫女の袖だった。

「す、すみません」

八十八は、慌てて手を放す。

巫女は、八十八を一瞥しただけで何も言わなかった。

「何やってんだ」

浮雲に頭を小突かれた。

弁解しようとしたが、どう言っていいのか分からず、「いや、あの……」と、曖昧な言葉を並べることしかできなかった。

「こちらに――」

田所が、さらに奥に来るように促す。一行は、それに従い蔵の奥に進んで行く。

普通、蔵には窓が付いているものだが、そうしたものが見当たらない。そのせいか、かび臭い空気が充満していて、何だか息苦しい。

やがて蠟燭の薄明かりに照らされて、檻が見えてきた。

その檻の中には――。

襦袢を着ただけの若い男が、突っ伏すようにして倒れていた。

一瞬、死んでいるのかと思ったが、呼吸で身体が微かに動いている。どうやら、生きてはいるらしい。

「浩太朗様だ――」

田所が、無念さを滲ませた声で言った。

――何と！

幽霊に憑依されているとはいえ、お家の嫡男である男を、蔵の中に閉じ込めるだけでなく、檻で囲わなければならないのだ。

家臣の田所には、耐え難いものがあるだろう。

同時に、そうしなければならないほど、憑依された浩太朗は始末が悪い――ということになる。

「何としても、浩太朗様にとり憑いている幽霊を、祓って頂きたい」

田所の声が助けを求め、懇願するようなものに変わった。それだけ、切迫した状態であるということだ。

浮雲は、どうするつもりなのだろう？

ふと隣に目を向けると、口を真っ直ぐに引き結んだまま、墨の眼で檻の中の浩太朗を凝視していた。

八十八には何も見えない。だが、浮雲の眼は違う。

おそらく、浩太朗に憑依している何者か——が、しかと見えているはずだ。

——他の人たちはどうしているのだろう？

気になって視線を向けてみる。

巫女は、少し離れた場所から、相変わらずの無表情で檻の中の浩太朗を見ている。

山伏は、檻の前に屈み込むようにして、浩太朗を観察しながら、何やら思案している様子だ。

傀儡師は、山伏の隣に立ち、何が面白いのか、にやにやと笑っていた。

そうこうしているうちに、檻の中の浩太朗が、こちらの気配を察したのか、ゆらりと上体を起こした。

大きく見開かれた目は血走り、ぎりぎりと音を立てて歯を軋ませ、ぐぅぅっと獣のような唸りを上げる。

——恐ろしい。

暗闇の中で光る目は、血に飢えた獣のように鋭い光を放っている。

「おやおや。これは、また厄介なものに憑かれておりますな」

人形が——いや、傀儡師が喋った。

「そのようです」

田所が応じる。

「いつから、このような状態に？」

「詳しいことは分からない。ただ、半月ほど前に、一枚の絵が届けられた」

「絵だと？」

田所の言葉に、敏感に反応したのは浮雲だった。

「女を描いた不気味な絵です」

田所の声が、重々しく響く。

絵と聞いて、八十八の頭に、一人の男の顔が浮かんだ。

ぼろぼろの法衣に、深編笠（ふかあみがさ）を被った男——狩野遊山（かのうゆうざん）だ。

狩野遊山は、元々は狩野派の絵師だったが、今は呪術師を生業としている。自ら手を下すことなく、言葉巧みに他人を操り、破滅へと導く恐ろしい男だ。

狩野遊山は、自らの仕事の証（しるし）として、不気味だが美しい絵を残す。堀口家に届けられた絵というのは、狩野遊山が描いたものかもしれない。

「浩太朗様の様子がおかしくなったのは、その絵が届けられてからだ」

「つまりは、その絵が原因で幽霊に憑依された——と？」

田所に問いかけたのは、巫女だった。

「当家は、そう考えている。此度のことは、単なる偶然ではなく、何者かによって謀られたことだ。先ほど、除霊の他に頼みたいことがあると申したのは、そのことだ」

「浩太朗様に憑いている幽霊を祓うと同時に、その呪いをかけた呪術師を捕らえよ――ということですね」

巫女が言うと、田所が頷いてみせた。

――そういうことか。

八十八は、納得すると同時に、恐ろしさを覚えてもいた。もし、届けられた絵が原因で浩太朗が幽霊に憑依されたのだとすると、此度の一件を裏で操っているのは、狩野遊山である見込みが高い。

これまで、幾度となく対峙してきて分かっている。狩野遊山は、一筋縄ではいかない相手だ。

果たして、浮雲はどう考えているのだろう？

八十八が浮雲の横顔に目を向けた瞬間、田所の持っていた燭台の蠟燭の炎がふっと消えた。

蔵が闇に呑まれる。

――風もないのに、どうして蠟燭が消えたのだろう？

「ぐぎゃぁ！」

八十八の考えを遮るように、悲鳴が響き渡った。

——何が起きたんだ？

八十八は、右に左に首を振る。だが、そんなことをしたところで、この暗闇の中では何も見えない。

そうこうしているうちに、明かりが灯った。

田所が、再び蠟燭に火を灯したのだ。視界が戻ったことにほっとした八十八だったが、やがて浮かび上がった光景に驚愕した。

檻の中にいた浩太朗が、仰向けに倒れていた。

しかも、その胸には、まるで墓標のように脇差が突き立てられていたのだ——。

七

「何ということだ……」

田所は、悲痛な声を上げ檻に駆け寄り、すぐさま檻の戸を開けて、中に入り、浩太朗を引き摺り出した。

浩太朗は、目をかっと見開き、口を半開きにしたまま、ぴくりとも動かなかった。

田所は息を確かめたり、脈を取ったりしたが、その結果が芳しいものでないことは、誰の目にも明らかだった。

あまりのことに、蔵の中に沈黙が流れた――。

除霊をするはずが、まさかその当の本人が、こんなかたちで死ぬことになるとは、思いもよらなかった。

とはいえ、ここで呆けていても始まらない。

「誰か人を呼んで来ます」

八十八は、そう声をかけて蔵の扉に向かおうとしたが、「待たれよ」と呼び止められた。

田所だった――。

八十八に向けられた目には、底冷えするような冷たさがあった。

「何人たりとも、この蔵を出ることは許さん！　出合え！」

田所が声を張った。

それを合図に、蔵の扉が開き、六人の武士がどかどかと中に入って来た。

武士たちは一様に殺気を孕んだ目で八十八たちを睨み付けながら、あっという間に取り囲んでしまった。

「この蔵にある出入口は、その扉だけ。そして、その扉は閉ざされていた。言っていることの意味は分かりますかな」

田所が蔵の中にいる面々に詮議の目を向けながら言う。

主（あるじ）の嫡男を殺害されたばかりだというのに、やけに落ち着き払った口調だ。

「嵌（は）めやがったな……」

浮雲が、舌打ちをした。

「え？」

「この中に下手人がいる——そう言いたいらしい」

浮雲の言葉に、八十八にも、ようやく自分たちの置かれている立場の危うさが呑み込めた。

つまり、自分たちには浩太朗殺しの嫌疑がかかっているというわけだ。除霊をする浮雲について来ただけのつもりが、とんでもない事態に陥ってしまった。

「逃げることはできない。下手人は、早々に名乗り出ろ——」

田所が強い調子で言いながら、その場にいる者たちを見据えた。

八十八は、怯えつつも様子を窺う。

山伏は、怒りを滲ませた態度で田所を見ている。巫女は、相変わらず無表情のままで、何を考えているのか分からない。傀儡師は、これだけ切迫した状況であるにもかかわらず、にやにやと笑っている。

「名乗り出る者はおらぬか？」

田所が再び問うと、どういうわけか、浮雲がずいっと歩み出た。

まさか浮雲が――。

その場にいた全員の視線が、浮雲に向けられる。

「其方が下手人か？」

田所が問うのに合わせて、取り囲んでいた武士たちが、刀の柄に手をかける。すぐにでも抜刀し、斬り伏せようという意志が、ひしひしと伝わってくる。

「それに答える前に、聞かせてもらいたいことがある」

浮雲は、切迫した状況に臆することなく、凜とした調子で言う。

「何だ？」

「外に武士を待たせておくなんざ、ずいぶんと手回しがいいな」

「何が言いたい？」

「あんたは――いや、あんたたちは、その男が殺されることを、最初から知っていたんじゃねぇのか？」

浮雲は、金剛杖で息絶えている浩太朗を指し示した。

「ほう。どうして、そうなる？」

「中に入るとき、蔵の前で番をしていたのは一人だった。それが、あんたが合図をした途端、これだけの人数がすぐさま押しかけてきた。つまり、おれたちが蔵の中に入ったのを見計らって、扉の前に集まって待ち構えていたってことになる」

まさにその通りだ。

田所が声を発してから駆けつけるのでは、これだけの人数が一気に蔵の中に入ってくることはできなかったはずだ。

扉の前で、待ち構えていたからこそ、これだけ迅速に集まることができた。

「盲目であるにもかかわらず、なかなかの洞察力だな」

田所が、感心したように頷く。

「それだけじゃない。その男は——浩太朗ではないな」

浮雲が、墨の眼を倒れている浩太朗に向けた。

「えっ！　そうなんですか！」

八十八は、思わず声を上げた。

浩太朗ではないとするなら、いったい誰だというのか？　驚く八十八とは裏腹に、田所は淡々とした調子で、「なぜ、そう思う？」と問い返す。

「簡単な話だ。いくら幽霊に憑依されているとはいえ、堀口家の嫡男である男を、こんな蔵に一人閉じ込めておくのは妙だ。身の回りの世話をする為に、女中の一人でも置くだろう」

浮雲の話に、確かに——と納得する。

幽霊にとり憑かれていたとしても、お付きの者もなしに、蔵に置いておくのは不自然なことのように思える。

「まさにその通りだ。この者は、浩太朗様ではない」

田所が、死体を一瞥すると、悪びれることなく言った。

「ついでに言えば、この男に幽霊はとり憑いていなかった。除霊云々という話も、でっち上げってわけだ」

浮雲には幽霊が見える。今、ここで死んでいる男に、幽霊が憑いていなかったという話は、間違いないだろう。

そうなると、逆に分からなくなる。どうして、わざわざ嘘の憑依話をでっち上げ、除霊と称して霊媒師を集めたのか――。

「それは、少し違う」

「どう違う？」

浮雲が、田所に訊き返す。

「浩太朗様が、幽霊に憑依されたという話は真だ。除霊をする為に、腕のいい霊媒師を方々から集めたところまでは他意はない。しかし――」

「何だ？」

「今朝方、このような物が、堀口家に届けられた。差出人は不明だ。矢柄に結ばれ、庭の木に打ち込まれていた」

そう言って田所は、懐から文を取り出し、それを広げた。

そこに書かれていたのは、短い一文だった。

〈霊媒師に紛れて、浩太朗様の命を狙う者あり――〉

文の内容を読んで、これまでの田所の怪しげな行動に合点がいった。

この文を受け取った堀口家は、その真偽を確かめる為にも、浩太朗の影武者を立て、此度のような芝居を打ったというわけだ。

そして、この文が示す内容は、影武者の死をもって、真実であったと証明された。

つまりは、この中に、霊媒師に成り済まし浩太朗の命を狙った者がいる――ということだ。

いったい誰が？　そして、何の為に？

いくら考えてみても、八十八には皆目見当がつかなかった。

八

「改めて問う。下手人は名乗りを上げろ」

田所が鋭く言う。

浩太朗の命を狙うとは、堀口家に仇を成すのと同義だ。何としても、捕らえてみせる
という不退転の覚悟が窺える。

そんな田所の覚悟を嘲るように笑い声が響いた。

山伏だった。

緊張感の漂う中、場違いなほどの豪快な笑い声に、八十八は呆気に取られた。

「何がおかしい！」

取り囲んでいる武士の一人が一喝した。

山伏は、急に笑いを引っ込める。怖じ気づいたのではない。それが証拠に、敵意に満
ちた目で武士を睨んでいる。

「そんなことを問うても無駄だ」

突き放すように山伏が言った。

「なぜだ？」

田所が問い返すと、山伏は面倒臭いといった渋面をしたあと、首筋の辺りをがりがり
とかく。

「ここで、素直に喋るような阿呆がいるわけないだろ」

山伏の言い分はもっともだ。

誰が殺したのかは分からないが、素直に「自分です」などと名乗り出れば、奉行所に

突き出されて、死罪になるのが目に見えている。

それを分かっていながら名乗り出るのは、まさに自殺行為だ。

「その兄さんの言う通りだね。誰も自分がやったなんて言わないだろうよ。もし、このまま名乗り出なかったら、どうするつもりだい？」

傀儡師が、人形の口を器用に動かしながら言う。

「そのときは、ここにいる全員に詮議を受けてもらう」

田所の声に合わせて、取り囲んでいる武士たちが、じりっと距離を詰めた。

「奉行所に目を付けられるのは、避けたいもんだね」

傀儡師が言うと、田所は首を左右に振った。

「誰が奉行所に行くと言った？　詮議は、我々で行う。下手人が分かるまで、徹底的に——だ」

田所の目が、より一層冷たくなった。

この男を突き動かしているのは、忠義というより、もっと別の何かのような気がした。

何にしても、田所の言う詮議が、まっとうなものでないことは明白だ。徹底的に——という言葉は、厳しい拷問も辞さないということだ。

こんなことになるなら、ついて来るべきではなかったと今さら後悔しても遅い。

「この者たちを引っ捕らえろ」

田所が命を発するのと同時に、武士たちが摑み掛かろうとする。

「お待ち下さい」

部屋に巫女の声が響いた。

これまで、幾度か喋っているのを見てきた。そのどれもが無表情で、生気を感じさせないものであったが、今の声には、武士の動きを封じ込めるだけの力強さがあった。

「そんなことをする必要はありません」

巫女が、そう続ける。

「何？」

「下手人を、この場で挙げてみせればよいのでしょう？」

巫女の薄い唇に、ふっと笑みが浮かんだ。

初めて目の前で見る巫女の表情は、艶やかで、目を奪われるほどだった。

「ほう。下手人が分かると申すか？」

田所の口ぶりは、猜疑心（さいぎしん）に満ちていた。

「はい。これまでのことを、注意深く見ていれば、自（おの）ずと誰が下手人かは見えてきます」

「おれも、誰が怪しいかは分かるぜ」

口を挟んだのは、山伏だった。

「言ってみろ」

田所が促す。

巫女と山伏は、顔を見合わせる。どちらが先に言うかを、探り合っているのだろう。

やがて、巫女が先を譲ったらしく、わずかに身を引いた。山伏は、大きく頷いたあと、たっぷりと時間を置いてから口を開いた。

「この男が殺されたとき、蔵の中は真っ暗だった――」

山伏の言う通りだ。

田所の持っている燭台の明かりが消え、蔵は闇に包まれていた。

「急に真っ暗になったことで、周りが見えなかった。にもかかわらず、この男は正確に胸を脇差で貫かれて死んだ。どうして、暗い中で、そんなことができたのか？」

山伏は、そう問いを投げかけながら、その場にいる面々を見渡し、最後に浮雲に目を向けた。

何だか嫌な予感がする。

浮雲も、それを感じているらしく、渋面を作ってわずかに俯(うつむ)いた。

「急に暗くした場合、ほとんどの人間は、見えなくなる。だが、それを避ける方法が一つある」

「予(あらかじ)め、目を閉じるなどして、暗さに目を慣らしておく」

言ったのは、田所だった。

「そうだ。この中で、盲人でもないのに、見えないふりをしている男がいる――そうだろ」

山伏が、ずいっと浮雲に詰め寄る。

そういえば、山伏は、浮雲が見えることに気付いていた。にもかかわらず、盲人のふりをしていることを、不審に思っていた。

この暗闇の中で、犯行を行う為に、盲人のふりをしていたと考えているのだろう。筋は通るが、浮雲が両眼を隠しているのは、もっと別の理由だ。

だが、それを言ったところで、山伏の推論を否定することはできない。

「私の考えとは違うようですね――」

そう言ったのは巫女だった。

「ならば、お前はどう考えているんだ？」

山伏が挑むような口調で言い、巫女に視線を移した。

巫女は、無表情のまま山伏の視線を受けとめると、小さく頷いてから口を開いた。

「その推論には、穴があります」

「どんな？」

「白い着物の方は、その人が浩太朗様でないと気付いていました――」

巫女が、死体の男を指さす。

——そうか。

田所に、死んでいる男が浩太朗ではないと真っ先に指摘したのは浮雲だ。此度の犯行が、浩太朗を狙ってのものだとしたら、浮雲は別人であると知りながら殺害したことになる。

どう考えても、それは不自然だ。

「それは、やっていないという理由にはならんよ。狙ったのは、浩太朗様ではなく、最初からこの男だったかもしれんのだからな」

山伏が死体に目を向ける。

浮雲が、人を殺したなどとは微塵(みじん)も思っていないが、山伏の言い分は筋が通っている。納得させるだけの反論をしない限り、浮雲の立場は危うい。それが証拠に、武士たちの浮雲を見る目が、さっきより一段と鋭くなっている。

「まあ、そう言うこともできますね。しかし、私が白い着物の方が下手人でないと考える理由は他にもあります」

巫女がわずかに目を細める。

「どんな考えだ?」

田所が問う。

「明かりが消える前の位置を考えて下さい。私は、檻から少し離れたところにいました。白い着物の方も同じです。檻の前にいたのは、あなたと、その方です」

巫女が、山伏と傀儡師を順番に指さした。

確かにそうだ。明かりが消える前、檻の前にいたのは山伏と傀儡師の二人だ。浮雲と巫女は、その後ろから見ていた。

檻の中の男を殺すには、前の二人を押し退けなければならない。しかし、そういった様子はなかった。

つまり、位置から考えれば、あの一瞬で殺すことができたのは、山伏か傀儡師——ということだ。

田所と武士たちの視線が、今度は山伏と傀儡師に向けられる。

かくいう八十八も、疑いを持って二人に目をやった。

すぐに反論がくるかと思ったが、山伏は渋面を作って俯いた。傀儡師は、自らに疑いが向けられているというのに、くつくつと肩を震わせながら笑い始めた。

いったい、何がおかしいんだ？

首を傾げる八十八を嘲るように、傀儡師の笑いは段々と大きくなっていく。傀儡師の抱えている人形も笑っている。

さっきまで、人形の顔は、公家（くげ）のように品のあるものに見えていたのだが、今はまったく印象が異なる。粗野で暴力的に見えてしまう。

「まさか、それだけで、私を下手人だと決めつけるなんて、ちゃんちゃらおかしいですな」

傀儡師が、例の如く人形の口を動かしながら言った。

「何か言い分があるなら聞きます」

巫女が言う。

「いやね。別に、離れたところにいても、殺すことはできるでしょう。明るいうちに、相手の位置をしっかりと把握しておいて、暗くなった瞬間に、真っ直ぐ一突きすればいいんですからね」

——そうか。

さっきまで、山伏と傀儡師に疑いを持っていたが、確かに、彼らが下手人だと断じるには、根拠が弱い気がする。

「それにね——下手人は、この男を殺すだけでなく、蠟燭の火を消さなければならなかったはずだ。確かに、私はこの男の近くにいましたが、蠟燭からは離れていたんですよ」

傀儡師は、そう言うと、かっ、かっ、かっ、と笑いながら巫女に目を向けた。

言葉にせずとも、蠟燭の火——すなわち、田所に一番近いところにいたのは巫女であることは、誰もが分かっている。

「私が殺した——と？」

巫女は、疑いの目を向けられているにもかかわらず、動じることなく無表情に立っている。八十八には、その立ち居振る舞いが、至極不自然なものに思えてならなかった。

「そこまでは言いませんがね……でも、得意げに、下手人を暴こうとしている様は、どうにも解せませんね。まるで、自分のやったことを隠し、他人になすりつけようとしているみたいでね」

傀儡師は、また人形と一緒に声を上げて笑った。

田所が、嘆息しながら言った。

「結局、全員が怪しいということだな」

それぞれが、自らの推理を披露したが、どれも下手人を特定する為の決め手に欠けている。

まだ全員が疑いの対象ということだ。

いや、違う——。

まだ己の見解を明らかにしていない人物が一人いる。

八十八は、期待を込めて浮雲に目を向けた。他の者たちも、同じことを思ったらしく、視線が浮雲に集まる。

自分に注目が集まっていることに気付いたらしい浮雲は、面倒だという風に、がりがりと頭をかき回す。

「浮雲さんは、どう思うんですか?」

八十八が問うと、浮雲はすっと表情を引き締め、墨で描かれた眼で、ゆっくりとその場にいる面々を見渡したあと、仕方ねぇな——といった感じで金剛杖を肩に担いだ。

「なかなか面白い話だったが、肝心なことが抜けている」

浮雲の声が蔵に響く。

「肝心なこととは、何です?」

本人は、そのつもりはないのだろうが、八十八は真打ち登場とばかりに期待が膨らむ。

八十八の問いに浮雲は、笑みを浮かべた。

「簡単なことさ。男の胸に刺さっている脇差は、いったいどこにあったのか——だ」

「どこにあったんですか?」

八十八が問う。

注意深く観察していたわけではないが、脇差を持ち込んだ者は、いなかったように思う。

「蔵の中ではないのか?」

山伏が口にしたが、田所がそれをすぐに否定する。

「それは、あり得ない。この蔵の中には、そのような物は置いていない」

田所の言葉に嘘はないだろう。そもそも、暗殺することを考えていたのだとすると、その場で行き当たりばったりに武器を調達するというのは、あまりに杜撰過ぎる。

下手人は、事前に殺害する為の脇差を用意していたはずだ。

「この中で、誰にも気付かれずに、脇差を持ち込むことができた人間は、一人しかいない」

浮雲の口調から、それが誰なのか、既に分かっているといった感じだ。

「いったい誰なんです？」

八十八が問いかけると、浮雲は返事をする代わりに、墨で描かれた眼を、真っ直ぐ傀儡師に向けた。

浮雲に釣られて、全員の目が傀儡師に集まる。

「私が、どうやって脇差を持ち込んだと言うんですか？」

傀儡師が、おどけた調子で訊き返す。

「お前のその人形さ。脇差を隠すには、もってこいだろ」

――なるほど。

傀儡師の持っている人形が、どのような仕組みになっているかは不明だが、大きさからして、事前に脇差を隠し持つことくらいはできただろう。

「なかなか面白い話ですな。しかし、この人形の中に、脇差などは隠されておりませんよ。何なら、手に取って確かめて頂いても構いません」

傀儡師が、人形をすうっと前に差し出してきた。

だが、浮雲はそれを受け取って調べるようなことはしなかった。

「今さら、確認しても遅い。脇差は、あの男に刺さっているんだからな」

浮雲が金剛杖で、死体の男を指し示す。

確かにそうだ。脇差は、もう使ってしまったのだ。今、人形の中には入っていない。今さら、中を検(あらた)めようとも意味はない。

「まあ、そうですね。しかし、そうなると、私が人形の中に脇差を隠していたというのは、あなたの推量に過ぎませんよね」

傀儡師が念押しするように言う。

「そういうことになる」

浮雲は、あっさりとそれに応じた。

「また、振り出しに戻ってしまいましたね」

傀儡師が、人形とともに笑った。

浮雲も、それに合わせて声を上げて笑う。

二人の笑い声が、蔵に響き渡った。他の者たちは、取り残され、ただ呆けていることしかできなかった。

ひとしきり笑ったあと、浮雲が、ドンッと金剛杖で床を突いた。

それを合図に、傀儡師の笑いがぴたりと止んだ。

蔵の中が、ぴんっと張り詰めた空気に支配される。

「お前の言う通り、人形の中に脇差が入っていたことを証明するのは難しい。だが、それでも、やったのはお前だ」

浮雲が、自信に満ちた声で言う。

「なぜ、そうなるのです？」

「あなたは、脇差を取り出すとき、誤って人形の着物の帯を切ってしまった。それが、動かぬ証拠ですよ」

言ったのは、浮雲ではなく巫女だった。

「そんな莫迦な！」

傀儡師は、声を上げながら人形の帯の辺りを確認する。

八十八も同じ場所に目を向ける。人形の帯は切れていなかった。

――どういうことだ？

「莫迦が。単純な手に引っかかったな」

浮雲が薄らと笑みを浮かべた。

──ああ。そういうことか。

巫女は嘘を吐いた。だが、それに惑わされて、傀儡師は慌てて帯を確認してしまった。その行為こそが、傀儡師が下手人だという動かぬ証拠だ。

蔵の中にいる面々も、みなそのことに思い至り、視線が傀儡師に集まる。

傀儡師は、しばらく放心したように黙っていたが、やがて、声を上げて笑い出した。

「私としたことが、つまらぬ策に引っかかってしまったものよ──」

傀儡師の声から、これまでの巫山戯た調子が消えていた。暗澹として、抑揚のないその口調は、まるで別人のようだった。

もしかしたら、こちらが傀儡師の本性なのかもしれない。

「お前には、色々と訊きたいことがある。連れて行け」

田所が武士たちに指示を飛ばす。

「そう簡単に捕まえられるかな？」

傀儡師は、笑みを含んだ声で言うと、人形をずいっと前に押し出した。

かぱっという音とともに、人形の口が大きく開く。

その口から、ころんっと玉のようなものが転がり出た。

「拙い！」

浮雲が叫ぶのと同時に、その玉が炸裂した。

大気を揺らす轟音とともに、目を焼くような強烈な光が放たれた。

九

思わず屈み込みながら、何度か目を瞬かせ、ようやく視界が開けてきた。

八十八がいるのは蔵の中に変わりないのだが、さっきまでより明るい気がする。

見ると、入口の扉が開け放たれていた。

そして──蔵の中に傀儡師の姿はなかった。おそらく、目眩ましをした隙を突いて逃げ出したのだろう。

「大丈夫か？」

浮雲が、屈み込んでいる八十八の肩に手を触れながら問う。

「はい……」

目眩はあったが、何とか返事をする。

田所も、山伏も、巫女も、そして武士たちも、八十八と似たり寄ったりの状態で、誰も傀儡師のあとを追ってはいなかった。

「お前はここにいろ」

浮雲は、そう告げると蔵の外に向かって駆け出した。

どうして、浮雲は平然としていられるのか？　その答えはすぐに分かった。浮雲は、傀儡師が目眩ましを使うことに、いち早く気付いていた。それに、両眼を赤い布で覆っているので、光をまともに受けなくて済んだのだろう。

「あの野郎——」

山伏が、怒りに満ちた声で言いながら立ち上がると、浮雲と同様、蔵を飛び出して行った。

巫女も、ふらふらと立ち上がると、駆け足で蔵を出て行く。

——私も行かなければ。

自分などが追いかけたところで、何かの役に立てるとは思えなかったが、それでも八十八はあとを追って走り出した。

蔵を出たところで、前を走る巫女の背中を見つけた。

浮雲がどこに向かったのかは分からないが、巫女のあとに続けば、何とかなるかもしれない。

八十八は、巫女の背中を追って走った。

どこをどう走っているのか、自分でもよく分からなかった。思いの外、巫女の足が速く、それを追いかけるだけで精一杯だった。

どれくらい走ったのだろう。巫女が、何かを見つけたらしく、急に歩調を緩め、やがて立ち止まった。

八十八も、巫女の隣まで来たところで足を止めた。

息が切れて、胸が苦しかったが、それでも頑張って前に目をやる。

詳しい場所は分からないが、どこかの橋の手前だった。

橋のちょうど中程には、浮雲と山伏が並んで立っていた。それと向かい合うように、傀儡師の姿も見えた。

「逃げ切れねぇよ。観念しな」

山伏が声を張る。

少しも疲れている様子はない。山伏だけあって、体力は人並み以上にあるのだろう。

傀儡師は、息を切らしながら言う。

「しつこい奴らだ……」

なぜ、橋の真ん中で傀儡師が立ち止まったのか不思議だったが、おそらく、体力が底を突いたといったところだろう。

「お前には、色々と訊きたいことがある」

浮雲が、ずいっと傀儡師との距離を詰める。

傀儡師は、ちらっと振り返り、後方を確認する。もう一度、逃走を図ろうと思ったのだろう。

だが、騒ぎを聞きつけて、野次馬が集まり出している。そのせいで、傀儡師の退路が断たれているような状態だ。

「分かったよ。好きにしやがれ……」

傀儡師は投げ遣りに言うと、観念したのか、ふらふらとした足取りで橋の手すりに移動し、それに寄りかかった。

精も根も尽き果てたといった感じだ。

浮雲と山伏が、傀儡師を囲うように歩み寄る。八十八も、巫女と一緒に駆け足で近付いた。

「待ってろと言っただろ」

八十八の姿を見た浮雲は、呆(あき)れたように言う。

「いや、しかし……」

浮雲は「まったく……」と嘆息したが、それ以上は何も言わず、傀儡師に目を向けた。

「で、訊きたいことってのは何だ?」

そう問い返してきた傀儡師は、人を殺したというのに、まったく罪の意識がなく、その態度は不遜そのものだった。

殺したのは、浩太朗の影武者であったが、だからといって放免になるような話ではない。

おそらく、傀儡師は奉行所に引き渡され、死罪になるだろう。そのことを分かっているはずなのに、傀儡師に切迫した様子がないのは不気味だった。

「お前は、誰に頼まれた？」

浮雲は金剛杖を傀儡師に向け、牽制（けんせい）するようにしながら問う。

今の言い様は——傀儡師は、単なる実行犯で、黒幕は別にいるという風に聞こえる。

だが、考えてみればそうかもしれない。

一介の傀儡師が、武家の嫡男を何の理由もなく殺すはずがない。私怨があった——ということも考えられなくもないが、その場合、浩太朗を知っていたはずなので、影武者を殺すという愚は犯さないはずだ。

浮雲の言う通り、傀儡師は、何者かに依頼されて動いていたという方が筋が通る。

「そう簡単に、依頼主の話をすると思うか？」

傀儡師が、ぎょろっとした目で浮雲を睨んだ。

「此（こ）の期（ご）に及んで、依頼主を守るというのですか？　ここは、正直に喋って減刑を申し出た方が得策だと思いますよ」

巫女が口を挟んだ。

傀儡師は、お前のような女に言われたくない——という風に巫女を一瞥したが、すぐに視線を落として自嘲するような笑みを浮かべた。

「まあ、そりゃそうだ。今さら、隠したところで、何の得もねぇ」

「言え。誰に頼まれた」

浮雲が、金剛杖で傀儡師の肩を小突く。

問いかけてはいるが、浮雲は既にその答えを知っている――八十八にはそう思えてならなかった。

いや、浮雲だけではない。八十八も、今回の黒幕が誰なのか、何となく察しが付いている。

田所は、浩太朗が幽霊に憑依されたのは、事実だと言っていた。そして、そうなったきっかけとして、一枚の絵が届けられた――とも。

八十八の知る限り、絵を使い、人に呪いをかける人物は一人だけだ――。

「依頼してきたのは、法衣に深編笠を被った男だった」

傀儡師の返答を聞き、やはり――と思うと同時に、恐怖から背筋がぶるぶると震えた。

「何という名だ？」

浮雲がさらに問う。

答えは分かっているはずだが、実際に耳にするまでは、受け容れられないといった感じだ。

「かの……」

傀儡師が、そこまで言ったそのとき、ひゅっと風を切るような音がしたあと、カツンッと何かがぶつかるような音がした。

傀儡師が、かっと目を見開き、息を止める。

——何だ？

そう思っている間に、傀儡師の首筋から、びゅうっと血が吹き上がった。

傀儡師は、何度か口をぱくぱくと動かしたあと、力を失い、ぐらっと後方に倒れ込んだ。

そのまま手すりを越え、人形とともに川の中に落ちて行く——。

浮雲と山伏が、何とか摑まえようと手を伸ばしたが、届かなかった。

傀儡師の身体は、真っ直ぐ水面に落下して、水飛沫を上げる。

辺りが騒然となった。

「いったい何が……」

訳が分からず、半ば呆然としている八十八を尻目に、浮雲が屈み込んで何かを検めている。

「どうしたのですか？」

八十八が訊ねると、浮雲は立ち上がり、掌を広げた。

そこには、細長い釘のようなものがあった。先端に、わずかではあるが、血らしき赤いものが付着している。

「これは？」

「棒手裏剣の一種だな」

八十八の問いに答えたのは、同じように浮雲の掌を覗き込んでいた山伏だった。

「棒手裏剣？」

「ああ。暗殺の道具さ。傀儡師は、こいつで首の血管を切断されたってところだろうよ――」

山伏が苦々しく言いながら、辺りに視線を走らせる。

つまり、傀儡師に浩太朗の暗殺を依頼した何者かが、この道具を使って口封じの為に傀儡師を殺害したということだ。

そして、その人物は、この近くにいる。

そう思うと、自分たちも狙われているようで、途端に恐ろしくなった。警戒しながら周囲に目を走らせたが、それらしき人物を見つけることはできなかった。

「私たちは、既に踊らされているのかもしれませんね――」

巫女が囁くように言った。

それは、不吉な予言のようでもあった。八十八は、不安から逃れようと浮雲に目を向けた。

浮雲は、ぎっと歯を食い縛るようにして、墨の眼で虚空を見つめていた。
その眼に何が映っているのか、八十八に分かるはずもなかった——。

蠱毒の理

UKIKUMO
SHINREI-KITAN
JUJUTSUSHI NO UTAGE

一

「おはようございます――」

八十八は、声をかけながら古びた神社の社の格子戸を開けた。

そこに浮雲の姿はあった。いつものように、片膝を立てて壁に寄りかかるように座り、盃の酒をちびちびと呑んでいる。

「何だ。八か」

浮雲は、気のない返事をして、牡丹のように鮮やかな緋色に染まった双眸で、ちらりと八十八を見た。

「何だ――ではありませんよ。そろそろ行かないと」

八十八が口にすると、浮雲は大きなあくびをしながら、傍らで眠っている黒猫の頭を撫でた。

黒猫は、ぐるぐると喉を鳴らして気持ち良さそうだ。

「行くってどこに？」

「堀口家ですよ」

八十八がそう言うと、浮雲は「ああ」と、これまた気の抜けた返事をした。

試衛館の師範である近藤に乞われて、心霊現象を解決する為に、堀口家に足を運んだのが昨日のことだった。

だが、堀口家には、霊媒師に紛れて、嫡男である浩太朗の命を狙う者あり――という文が届いていた。

家臣の田所藤吉の計らいにより、急遽身代わりが立てられた。そうとは知らず、暗殺者は身代わりを闇に乗じて殺した。

浮雲によって下手人は炙り出されたが、その下手人もまた何者かに殺されてしまった。

つまり、依頼された心霊事件の解決どころか、幽霊に憑依された浩太朗にすらまだ会えていないのだ。

「お前一人で行ってこい」

浮雲は、追い払うように手を振った。

「そうはいきませんよ。私などが行ったところで、何の役にも立ちません」

「何だ。役立たずだと自覚していたのか？」

もちろん自覚している。だが——。

「今は、そういう話をしているわけではありません」

「では、どういう話をしているんだ？」

「ですから。私たちは、堀口家に呼び出されているんです。早く行かないと」

浮雲が、ぐいっと左の眉を吊り上げた。

「別に、おれなんぞが行かなくても事足りるだろう」

「何を言ってるんですか。このまま放ってはおけませんよ」

「放っておけばいいさ。霊媒師は、おれの他にもいるんだからな」

確かに、堀口家が心霊現象を解決する為に、集めたのは浮雲だけではない。一人くらい行かなくても、問題はないのかもしれない。ただ、本当にそれでいいのか——。

「ここまでかかわっておいて、途中で投げ出すのですか？」

「そのつもりだ」

「浮雲さんらしくありません」

「お前は、おれの何を知っている？」

浮雲がぽつりと言った。

怒鳴ったわけでもないのに、やけに迫力があり、八十八は思わず居竦んだ。

浮雲と知り合ってから、まだそれ程、日が経っていない。出自はもちろん、本名さえ知らない有様だ。

だが、それでも――。

「何も知らないかもしれません。でも、それでも、浮雲さんは、困っている人を見て、放っておけるような人ではないはずです」

「買い被りだ」

浮雲は、どうでもいいように言うと、腕を枕にごろんと横になった。

こうなってしまっては、さすがに八十八も退くしかないのかもしれない――そう思ったとき、社の格子戸が開き、一人の男が入って来た。

薬の行商人である土方歳三だった――。

いつも穏やかな笑みを浮かべ、人当たりのいい男ではあるが、時折凍てつくような冷たい目をすることがあり、どこか得体が知れない。

行商人でありながら、剣の腕が滅法強いというのも、そう思わせる理由の一つだ。

「おや。八十八さんもおいででしたか」

土方が、にっこりと笑う。

「はい。あの、土方さんは、どうしてここに？」

八十八が訊ねると、土方は綺麗な所作で座ってから口を開いた。

「いやね。実は、この男が今かかわっている件で、少しばかり気になることがありましてね」

そう言って土方が浮雲を見る。

「もしかして、堀口家の一件ですか？」

八十八の問いに、土方は「よくご存じで」と応じた。

「実は、昨日、私も一緒に堀口家に行ったんです」

「それは大変でしたね」

土方は、同情するような視線を送ってきた。

今の言い様からして、昨日何が起きたのか、そのあらましは知っているのだろう。毎度のことながら、土方の耳の早さに感心する。

「近藤には悪いが、おれは、あの一件から手を引かせてもらうぜ」

浮雲が、八十八と土方の会話を断ち切るように言い放った。

「本気で言っているんですか？」

土方が、猜疑心に満ちた目を向ける。

「本気に決まってるだろう。これ以上、あんな連中にかかわっちゃいられねぇよ」

「どうして、そんなに意固地になっているんです？　そんなに、あの男とかかわるのが怖いのですか？」

土方が、「あの男」の部分を強調しながら言った。

あの男とは、おそらく呪術師、狩野遊山のことだ。

此度の事件において、狩野遊山の姿を直接見てはいないが、薄々、その存在を感じてはいる。

堀口家で心霊現象が起き始めたのは、一枚の絵が届けられたことがきっかけだったと、家臣の田所が言っていた。

八十八は、まだその絵を見ていないが、狩野遊山の作ではないかと考えている。

「別に、あの男のことなんざ、気にしちゃいねぇよ」

浮雲は、ごろんと寝返りを打って背中を向ける。

「でしたら、どうしてそんなに嫌がっているのですか？」

細められた土方の目に、妖しい光が宿ったような気がした。

「やり方が気に入らねぇんだよ」

「やり方？」

「霊媒師を集めて競わせるってあのやり方だよ。蠱毒じゃあるまいし、あんなのに付き合うのはご免だね」

「蠱毒って何です？」

八十八は訊ねたが、浮雲は説明するのが面倒なのか、聞こえていないふりだ。

「霊媒師はたくさんいるだろ。そいつらに任せておけばいいんだよ」

浮雲が投げ遣りに言った。どうやら、試すようなことをされたことに、相当に腹を立てているらしい。

だが――。

「この先の顚末を、見届けたくないのですか？」

八十八は、身を乗り出すようにして言う。

もし、今回の一件に、狩野遊山がかかわっているのだとしたら、その謀り事を止めることができるのは、浮雲だけのような気がする。

「興味ないね」

浮雲は、あくまで無関心を決め込んでいる。

「でも……」

「あの家の連中が、どうなろうと、おれの知ったこっちゃない」

――参ったな。

これまでは、何だかんだと言いながらも、最後は重い腰を上げたが、今回ばかりは、梃子でも動かなそうだ。

「どうして、そこまで拒絶するんです？」

土方が、宥めるように問う。

「どうしてもこうしてもねぇ。お前は、何も感じないのか？　今回の一件、踊らされているような気がする」

「まあ、確かにそうですね」

「おれは、素直に踊ってやるつもりはねぇって言ってんだよ。どうしても、先が気になるっていうなら、お前と八で行けばいいだろうが」

浮雲が突き放すように言うと、どういうわけか、土方が何かを察したように「なるほど」と声を上げた。

八十八からしてみると、何がなるほどなのか、さっぱり分からない。

「仕方ありませんね。八十八さん。私たちだけで行くことにしましょう」

土方が言った。

「はい？」

唐突な土方の提案に、八十八は自分でも笑ってしまうくらい、素っ頓狂な声を上げた。

二

「本当に、大丈夫でしょうか？」

八十八は、不安な気持ちを抑えきれず、隣に座る土方に訊ねた。

結局、浮雲は、最後まで首を縦に振らず、八十八は、土方と一緒に堀口家に足を運ぶこととなった。

憑きもの落としに来たのに、肝心の憑きもの落としである浮雲がいない状況で、中に入れて貰えるのかと危惧していたが、そこは土方が上手く立ち回り、こうやって昨日と同じ大広間に通された。

どうやら、土方は仕事の関係で、以前から堀口家に出入りしていて、顔見知りだったようだ。

「心配することはありませんよ」

土方は涼しい顔だ。

この人は、緊張したり、動揺したりすることはあるのだろうか？　心を何処か別のところに置いてきてしまったのではないだろうか——と思うことが度々ある。

などと考えているうちに、すっと襖が開き、大きな身体をした男が入って来た。昨日も会った山伏だ。

「おう。あんたか。昨日は、大変だったな」

山伏は、体格に見合った声で言う。

「いえ。私は何もしていませんから……」

「おや？　目隠しをした兄さんはどうした？」

山伏が、眉を顰めながら問う。

そこに引っかかりを覚えるのは、当然のことだ。どう答えるべきか――迷っている八十八に、助け船を出したのは土方だった。

「初めまして。見ての通り、薬の行商人をしております土方と申します。少々、事情がありまして、今日はあの男――浮雲の代理で、八十八さんと一緒に参った次第です」

土方が、淀みなく言う。

「そうであったか。それは、少し残念だな」

山伏がむっと口をへの字に曲げた。

「残念？」

八十八が訊き返すと、山伏は、慌てて表情を戻した。

「いや。あの兄さんとは、もう少し話をしてみたいと思っておったのだ。何か、ただならぬものを感じておったのでな」

山伏の言葉を聞きながら、昨日のことをふと思い出した。

この山伏は、両眼を赤い布で覆い、盲人のふりをしていた浮雲が、実は見えているということを、いち早く見抜いていた。

山伏こそ、只者ではないような気がする。

「そうだ。まだ、名乗っておらんかったな。道雲と申す」

山伏が、改まった口調で言った。

道雲——浮雲と同じく、呼び名に雲が付いていることに、妙な因縁を感じてしまう。

「よろしくお願いします」

八十八は、何がよろしくなのか、よく分からないまま頭を下げた。

と、ここでもう一人部屋に入って来た。

巫女だった——。

目を瞠るほどに美しいのだが、表情があまり動かないせいか、どこか人形のような風情の女だ。

土方が、さっき道雲にしたのと同じ話をする。道雲と違って、巫女は興味なさそうに、ただ小さく頷き「朱葉と申します」と自ら名乗っただけだった。

道雲は、部屋の中央にあぐらをかいて座り、朱葉は、部屋の隅に、凛と背筋を伸ばして正座した。

それを見計らったような間で、堀口家の家臣である田所が部屋に入って来た。

侍を一人従えている。昨日は見なかった顔だ。

田所は、部屋に集まった一同の顔を見回したあと、上座に座り一つ咳払いをしてから口を開いた。

「まず、昨日の非礼をお詫び申し上げたい——」

そう言って、田所が頭を下げた。

武家の重臣であろう田所が、このように素直に詫びたことに、八十八は大いに驚いた。

昨日は、かなり横柄（おうへい）な態度に見えたが、それは、主家の嫡男である浩太朗の身を案じればこその行為で、元来、こうした実直な人物なのかもしれない。

「終わったことは、もういいさ。それより、あの男はどうなった？」

道雲が声を上げた。

あの男とは、傀儡師（くぐつし）のことだろう。

首を棒手裏剣の一種で斬られ、川に転落した。

「下流で、骸（むくろ）が見つかったと聞いております」

田所が硬い表情で言った。

傀儡師は、自分の意思で浩太朗を殺害しようとしたわけではなく、誰かから依頼されていた節がある。

できれば傀儡師の口を割らせ、その背後にあるものが何なのかを知りたかったところだが、死んでしまったのではどうにもならない。

「そうかい。そうなると、また刺客が現われるやもしれんな」

道雲のぼやきはもっともだ。

単に心霊事件を解決するだけでも大変だというのに、それとは別に、浩太朗の命を狙う何者かの存在があるとなると、相当に厄介だ。

「そこは、ご安心下さい。以後、あのようなことがないように、手を打ってあります」

田所は、そう言うと隣に座る武士に目をやった。

武士が小さく顎を引いて頷く。

「こちらにおわすのは、河上彦十郎先生であります。しばらくの間、警護について頂くことになりました」

田所が紹介すると、河上は立ち上がり一礼をした。

体格は小柄で、顔つきも温厚そうだ。どうにも、強いという印象がない。だが、土方は違った受け止め方をしたようで「ほう」と感嘆の声を漏らした。

「知っているのですか？」

八十八が訊ねると、土方は小さく頷いた。

「ええ。江戸で右に出る者なし――と噂されるほどの剣豪ですよ。我流で、形に囚われない変幻自在の立ち合いをするのだとか」

「そうなんですか」

八十八は、驚きとともに、改めて河上に目を向けたが、やはりそれほどの達人とは到底思えなかった。

「一度、やり合ってみたいものだ……」

土方が、独り言のように言った。

ちらりと目を向けると、口許に薄らと笑みを浮かべ、目を爛々と輝かせていた。まるで、血に飢えた鬼だ。

普段は人当たりのいい行商人だが、時折こういう顔をすることがある。

本当に底が知れない。

「話が逸れてしまいましたが、本題に入らせて頂いてよろしいでしょうか」

田所が、改まった口調で言う。

その場にいる全員が無言で同意を示すと、田所は小さく頷いてから話を続けた。

「改めて、ここにいる皆様に、お願い申し上げたい。どうか、堀口家の嫡男、浩太朗様の身に起きた怪異を解決して頂きたい」

田所が、再び頭を下げた。

「もちろんだ。そのつもりでここに来た」

道雲が、自信たっぷりに声を上げる。

「承知しております」

朱葉も、凛とした声で応じる。

八十八は、返事ができずに黙っていた。何せ、八十八は霊媒師ではない。怪異を解決することなどできない。

「ありがとうございます。当家に起こった怪異について、色々とお話しすべきことがありますが、まずは、浩太朗様を見て頂いた方がよろしいですね」

田所に否やを挟む者はいなかった。

色々と事情を聞かされるよりは、田所の言うように、まずは浩太朗の様子を見てみないことには始まらないと、みなが思っているのだろう。

「では、皆様。こちらに——」

田所はすっと立ち上がり、先導するかたちで歩き出した。

道雲が率先して田所のあとに続き、朱葉も従う。八十八が、どうしたものかと思案していると、刺すような視線を感じた。

はっと顔を上げると、河上と視線がぶつかった。

何も言わずに、ただじっと八十八を見ている。何だか、得体の知れない不気味さがあった。

「行きましょう」

土方に促されて、八十八は「あ、はい」と応じながら立ち上がり、部屋を出て行こうとした。

「あんた、薬屋の土方だろ」

河上がぼそっと呟くように言った。

「よくご存じですね」

土方は、表情を変えることなく答える。

「剣の腕が立つと、もっぱらの噂だ」

「いえ。私など、薬屋にしては——という前置きがありますから、大したことはありませんよ」

土方は、それだけ言うと、さっさと歩き始める。八十八も、引き摺(ず)られるようにその背中を追いかけた。

途中、振り返ると、河上がにたっと陰湿な笑みを浮かべた。

三

長い廊下を抜け、幾つかの角を曲がり、奥まったところにある部屋の前で田所が足を止めた。

「こちらの部屋に浩太朗様がいらっしゃいます」

田所が、襖を指し示す。

襖には色鮮やかな蝶(ちょう)が描かれていた。とても綺麗な絵だった。そのせいか、この向こうに幽霊に憑依された浩太朗がいると言われても、いまひとつ実感が湧かない。

ふと目を向けると、呑気な八十八とは違い、道雲も朱葉も、険しい表情で襖を睨み付けていた。

もしかしたら、襖の向こうにある禍々しい何か――を感じているのかもしれない。

土方は、相変わらず感情の読めない顔をしている。

「では――」

田所が、そう言って襖を開けた。

暗い――。

昼間だというのに、その部屋は、異様なまでに暗かった。

ごくりと喉を鳴らして唾を呑み込みつつ、首を伸ばすようにして部屋の中を覗き込んだ。

襖のすぐ脇に、一人の女が膝を正していた。

この部屋に、浩太朗がいるのではなかったのか――などと考えていると、田所が「女中のお鶴です」と告げた。

お鶴が綺麗な所作で頭を下げる。色白で、整った顔立ちをしていて、女中というより、花魁といった面立ちだった。

おそらくお鶴が、憑依された浩太朗の身の回りの世話をしているのだろうと納得はしたが、やはり部屋の中に浩太朗の姿はなかった。

――どういうことだ？

「奥が座敷牢になっています」

八十八の内心の疑問を察したのか、土方が耳打ちしてきた。

改めて目を向けると、確かに部屋の奥が座敷牢になっている。そして、その中に、蹲っている人影が見えた。

「どうぞ中に――」

田所が道を空けた。

道雲と朱葉は、何の躊躇いもなく、中に入って行く。土方も、そのあとに続いた。

八十八は――動けなかった。

妙な感覚だった。

どういうわけか、部屋の中が歪んでいるように見える。

波打つ水面に映る景色のように、ぐにゃぐにゃと揺らめいている。みな、何事もなく立っているのだから、八十八の思い違いだろうが、それでも嫌な感覚が拭えなかった。

「どうしました？」

土方が、僅かに振り返りながら訊ねてきた。

薄らと浮かんだ笑みが、八十八を試しているような気がして、どうにも落ち着かない。

「いえ。何でもありません」

八十八は、何とかそう答えると、ずいっと部屋の中に足を踏み入れた。

ずんっと肩に何かがのしかかってきた。

慌てて目を向けたが、そこには何もなかった。過敏になり過ぎているのかもしれない。言葉では上手く説明できないが、部屋の中は、何ともいえない嫌な空気で満たされている。

このまま、逃げ出してしまおうかとも思ったが、それでは、何をしに来たのか分からなくなってしまう。

八十八は、覚悟を決めて座敷牢の前まで歩みを進めた。

格子の向こうの浩太朗は、蹲ったまま、ぴくりとも動かない。これでは、心霊現象なのか、病で臥(ふ)しているのか判断ができない。

などと考えていると、不意に浩太朗が動いた。

身体がびくっと跳ねたかと思うと、ゆらりと上体を起こす。

髷(まげ)は解(ほど)け、髪が顔に張り付いている。しばらく、風呂にも入っていないのだろう。肌は薄汚れていた。

これでは、まるで落ち武者だ。とても、武家の嫡男とは思えない。

「ううう……」

浩太朗が、唸(うな)るような声を上げた。

目は虚ろで、表情がすっぽりと抜け落ちていて、口の端から、ひたひたと涎が滴り落ちている。

しばらく虚空を見つめながらじっとしていた浩太朗だったが、急に「がぁ！」と声を上げて格子戸を摑んだ。

「ぐぅぎぃ！」

奇声を上げながら、ガタガタと音を立て、格子戸を打ち破らんと暴れ始めた。

八十八は、思わず「ひっ！」と恐怖の声を上げてしまった。

「お静かに――」

朱葉が八十八を一瞥する。

さすがに霊媒師というだけあって、朱葉は浩太朗の様子を見ても、少しも狼狽えていなかった。

「ぐがぁあぁ！」

奇声を発しながら、暴れていた浩太朗だったが、急にぴたっと動きを止めた。

びくびくっと瞼が幾度か痙攣したかと思うと、今度は格子戸にもたれるように座り、はらはらと涙を流し始めた。

肩をはだけさせながら、さめざめと泣くその姿が、八十八には女に見えた。

――これは、いったいどういうことだ？

考えているうちに、今度は、けたけたと、声を上げて子どものように笑い出したりする。気がふれているのだろうか？

目まぐるしく変わる浩太朗の様子に、ただ啞然とするばかりだった。

「こいつは厄介だな」

道雲が、舌打ち混じりに言った。

「どういうことですか？」

田所が訊き返す。

「浩太朗様に憑依している幽霊は、一人じゃない」

道雲の言葉に、「え！」と八十八は思わず声を上げた。

「私も、それは感じておりました」

朱葉が同じく声を上げる。

「複数の幽霊に憑依されている――ということですか？」

八十八は、震える声で問う。

「ああ。少なくとも、四人は憑いている。いや、もっとだな。十人くらいはいるかもしれんぞ」

道雲の言葉に、朱葉が「そうですね」と応じる。

「な、何と！」

八十八は、堪らず仰け反った。

幾人もの幽霊に憑依されているなど、考えもしなかった。だが、言われてみれば、腑に落ちるところがある。

浩太朗の様子の変化は、複数の幽霊に憑依されているからこそなのかもしれない。

だが——。

「どうしてそんなことに……」

それが、八十八には分からなかった。

「普通ならば何人もの幽霊に突然憑依されるなんてことは、まずない」

道雲が、きっぱりと言う。

「では、なぜこんなことに？」

「おそらく、何者かが、意図的に浩太朗様に幽霊を憑依させたのだろうな」

そう言えば、田所も此度の心霊現象は、何者かによって仕組まれたものであることを示唆していた。

いったい誰が何の為に——疑問ばかりが頭の中を駆け巡る。

「何者かが、意図的にやったとして、果たしてそんな方法があるのですか？」

八十八が口にすると、道雲は困ったような顔をして押し黙った。

「これは、蠱毒かもしれませんね」

しばらくの沈黙のあと、朱葉が呟いた。

そう言えば、浮雲も社で蠱毒という言葉を口にしていた。あのときは、何も説明してくれなかった。

「蠱毒？　そ、それは何ですか？」

八十八が訊ねると、朱葉の生気のない目が向けられた。

ほんのわずかではあるが、朱葉の唇が動いた。笑っているのか――。

「蠱毒とは、大陸で行われている呪術の一つです」

朱葉が喋りながら、浩太朗の前に屈み込む。

「大陸――ですか」

「ええ。毒蛇や毒蜘蛛など、毒をもった生き物を壺の中に入れるんです」

「何の為に？」

「殺し合いをさせるんです。壺の中の生き物は、飢えからお互いを殺し合います。そうしておいて、最後に生き残った一匹を崇め、相手に呪いをかけるのです」

――何と！

誰が考えたのか知らないが、とてつもなく恐ろしい呪いだ。

「蠱毒の呪いで、こんな風になるものなのですか？」

八十八が問うと、朱葉が今度ははっきりと笑みを浮かべた。

「大陸の術では、こうはなりません」

「では……」

「ただ、蠱毒の術が日の本に伝わったとき、より恐ろしい術に変化させた者たちがいたようです」

「どう変えたんですか？」

「恨みを持って死んだ者たちの大切な品や、遺骨などを箱に詰め、呪いの道具にしたのです」

「なっ！」

総毛立った。

何と恐ろしいことを――いや、本当に、そんな方法で呪いがかけられるのだろうか？

不思議に思ったのは一瞬のことだった。すぐに、ある事件を思い出した。

かつて、呪いの道具を作る陰陽師に会ったことがある。蘆屋道雪という男だ。この男は、菩薩像に赤子の遺骨を詰め込み、呪いの道具としていた。

あれと同じことをやった――ということなのだろう。

いや、むしろ、その呪いの道具を作ったのは、蘆屋道雪本人であるとも考えられる。

状況は分かったが、問題はたくさんの幽霊に憑依された浩太朗を、どうやって助けるか――だ。

複数の幽霊に憑依された浩太朗を救う手など、あるのだろうか？

四

「浩太朗様は、斯様な状態です――」

浩太朗の様子を見たあと、全員で大広間に戻って来たところで、田所が沈痛な面持ちでそう言った。

「あれは、確かに憑きものの仕業だな」

道雲が難しい顔で腕組みをした。

八十八は、浮雲のように幽霊が見えるわけではないので、詳しいことは分からない。だが、道雲の言うように、浩太朗の奇妙な状態は、幽霊に憑依されているからのような気がする。

「一つ、伺ってもよろしいですか」

朱葉が、涼やかな声で言いながら、すうっと手を挙げた。

田所が「どうぞ」と促す。

「昨日、怪異が起きたきっかけは、一枚の絵が届けられたことだと仰っていましたが、詳しくお聞かせ頂けますか？」

確かに、そう言っていた。

その絵のことがあったからこそ、今回の一件に、狩野遊山が関係していると考えているところが八十八たちにはある。

田所は、大きく頷いてから話を切り出す。

「あれは半月ほど前のことです。お鶴が、女中たちが寝起きしている部屋で、見慣れぬ木箱を見つけました」

「木箱？」

朱葉が首を傾げる。

「ええ。中には一枚の絵が入っていました。方々に訊いてみましたが、何時、誰が持ち込んだものか知っている者はおりませんでした。気味が悪いので、捨ててしまおうとしたのですが、浩太朗様は、その絵をたいそう気に入り、ご自身の部屋に飾ることにしたのです」

「それから怪異が起きた――と？」

朱葉が先を促す。

「はい。それ以降、夜な夜な浩太朗様の部屋で、奇妙な音がするようになりました」

「どのような音ですか？」

「最初は、ガタガタと戸が風で鳴るような音です。そのうち、人の呻き声のようなものが聞こえるようになりました——」

田所は、そこで一旦間を置いて、部屋の中にいる面々を見渡した。

「それも一人ではありません。たくさんの人が、一斉に呻いている——そんな声でした」

八十八は、ぶるっと身体を震わせた。

一つだけでも恐ろしいのに、たくさんの呻き声を聞いたりしたら、八十八などはすぐに卒倒してしまいそうだ。

田所は大きく息を吸い込んでから、さらに話を続ける。

「あの絵以外に、思い当たる節はありませんでしたので、私どもは、浩太朗様に絵を外すように言ったのですが、頑としてお聞き届けくださりませんでした」

「どうしてです？」

八十八は、ぱっと疑問を口にした。

「絵に魅入られたのでしょうね」

朱葉が囁くように言った。

「我々が、どうしたものかと考えているうちに、浩太朗様は、みるみる様子がおかしくなり、気付けばあのような状態に——」

田所がきつく唇を噛む。

　自分たちが、もっと早く何か手を打っていれば、浩太朗があのような状態になることはなかったと、忸怩たる思いを抱えているのだろう。

「今回の心霊現象が、何者かによって仕組まれたものだって考えたのは、そうした経緯があったというわけだ」

　道雲が、この上ないくらい難しい顔で言った。

「ええ。もし、あの絵が、元凶であったとするなら、誰がどうやって家の中に持ち込んだのかということが問題になります」

「それで、何者かが絵を使って、意図的に呪いをかけたと思ったというわけか」

　道雲が言うと、田所が大きく頷いた。

「まだ、そうだと決めつけてしまうのは尚早ではありませんか？」

　朱葉が割って入る。

「どうしてだ？　状況からみて、そうとしか考えられんだろう」

　道雲が反論する。

「私たちは、まだその絵を見ていません」

　朱葉がぴしゃりと言うと、道雲はばつが悪そうに腕組みをしてそっぽを向いた。

　まさにその通りだ。

　肝心の絵を見ないことには、それが元凶であったかどうか判断することはできない。

「件の絵を見せて頂くことはできますか？」

朱葉が告げると、田所が「分かりました」と頷き、一度部屋を退出した。

「どう思います？」

八十八は、隣でじっと黙っている土方に訊ねてみた。

「私ですか？」

土方は、苦笑いを浮かべる。

「はい」

「正直、私はあの男と違って、幽霊が見えるわけではありませんから、今の時点で言えることは何もありません」

「それはそうですが……」

土方の言っていることは、もっともなのだが、だとしたら、どうして土方はここに顔を出したのだろう。

浮雲を連れて来られない段階で、手を引くということもできたはずだ。

「ただ……」

不意に土方が言った。

「ただ——何です？」

「一つ引っかかることがあります」

「何ですか？」

土方は、何かを言おうとしたが、監視するように一同を見ている河上の方に目を遣ったあと、小さく首を振った。

河上に聞かれては、都合の悪いことでもあるのだろうか——などと考えているうちに、田所が木箱を抱えて戻って来た。

田所が座ると、絵を間近で見ようと、道雲と朱葉が歩み寄って行く。八十八も、土方と一緒に、田所の前まで移動した。

田所は、全員が集まるのを待ってから、慎重な手つきで木箱を開けた。

中には古びた掛け軸が入っていた。

「こちらです」

田所は、箱の中から掛け軸を取り出すと、畳の上に転がすようにしてそれを広げた。

道雲と朱葉が感嘆のため息を漏らす。

八十八も、思わずその絵に見とれてしまった。

何と美しい絵だろう。

そこには、一人の女の姿が描かれていた。

天に向かって手を伸ばし、物憂げな表情を浮かべた女。その足許には、真っ赤な彼岸花が咲いている。

構図もいいが、それだけでなく、色彩が鮮やかで、見る者に安らぎを与える——そんな絵だった。

浩太朗が、この絵を部屋に飾りたいと思った気持ちは、充分に分かる。

だが、血塗れ(ちまみ)の武士や遺骸の中に立つ男といった、狩野遊山特有の凄惨で、おどろおどろしい絵が出てくると思っていただけに、拍子抜けした感はある。

そもそも、この絵は狩野遊山が描いたものなのだろうか？　落款(らっかん)を確認してみたが、ちょうど、その部分が破れてしまっていた。

「二重になっていますね」

土方が顎に手をやりながら言う。

「二重ですか？」

八十八が問うと、土方は小さく頷いたあと、田所に目を向けた。

「この絵を、剝がしてもよろしいですか？」

土方の問いの意味が分からないらしく、田所は「剝がすとは、どういうことですか？」と問い返した。

「見ていれば、お分かりになります」

土方は、そう告げると懐から、きらりと光る何かを取り出した。

その途端、これまで石像のように微動だにしなかった河上が、素早く刀の柄(つか)に手をかけた。

部屋の中に、一気に緊張が走る。

が、その原因となった土方だけは、飄々(ひょうひょう)としていた。

「ご安心下さい。これは、調剤の道具です」

土方が、取り出したものを掲げてみせた。

こうしてみると、小太刀(こだち)のような形状はしているが、大きさは掌(てのひら)に収まるほどで、人を斬れるほど鋭利なものではなく、へらのようだった。

河上も納得したらしく、刀の柄から手を離し、これまでと同じように不動の姿勢に戻った。

土方は、そのへらのような物を、絵と表装の隙間に差し込むと、すうっと滑らかな手つきで絵の四隅をなぞっていく。

八十八が考えている間に、作業は終わってしまったらしく、土方はさっきの道具を懐にしまった。

次いで、絵の右下の隅を摘(つ)まむようにすると、そのままゆっくりと捲(めく)った。

「何と！」

八十八は、思わず声を上げた。

捲った下に、またしても絵が現われたからだ。

　さっき土方が、「二重になっていますね」と言ったのは、絵が二枚重ねられていることに気付いたから――ということなのだろう。

　そして、下から現われた絵は、表にあった絵とは似ても似つかぬものだった。

　刀を持った男が、悄然(しょうぜん)とした面持ちで立っている。

　着物も、刀も、真っ赤な血に塗れていた。

　表の絵と、唯一合致しているのは、足許に咲く彼岸花だけだ。いや、同じ彼岸花であっても、こうも状況が違うと、まったく別のものに見える。

　綺麗などという表現は、間違っても使えない。禍々しく、毒を撒(ま)き散らしているようにさえ感じられる。

　このような、不穏な絵を描く人物は、狩野遊山以外に考えられない。

　八十八は、落款を確認しようとしたが、こちらの絵もその部分が破れていて、誰の作品なのか分からなかった。

「どう思う？」

　道雲が、朱葉に意見を求めた。

「とても禍々しい絵だとは思いますが、この絵自体に何かあるとは思えません」

「おれも同じ意見だ。まあ、もしこの絵に呪いがかけられていたとしても、今は浩太朗様に憑依しているわけだから、この絵が蛻(もぬけ)の殻だってのは、当然のことだな」

道雲が腕組みをしながら言う。

「そうでしょうね。ただ、これはあまりに露骨過ぎます」

朱葉が、絵をすっと指で撫でながら言う。

「そうだな。この絵に、呪いがかけられていたとするならば、もっと自然な方法で家の中に潜り込ませる必要がある」

「ええ。おそらく、この絵は、本当の呪いの道具から目を逸らせる為の囮でしょう」

――なるほど。

道雲と朱葉のやり取りを聞きながら、八十八は内心で手を打った。

この二人は、単にお札や術を使って霊を祓うのではなく、何が起きたのかを、理路整然と考えている。

それは、浮雲の手法によく似ている。

明言しているわけではないが、会話の端々から察するに、幽霊に対する考え方も、似通っているように思う。

それだけでなく、同じ心霊現象を扱う者たちということで、連帯感のようなものが芽生えているようにも感じられた。

「すみませんが、浩太朗様の部屋を見せて頂くことはできませんか？」

そう提案したのは、朱葉だった。

「おう。それはいい。もしかしたら、そこにもっと別の何か――があるかもしれん」

　道雲が賛意を示す。

　浩太朗の部屋は、さっき入ったあの場所ではないのか？　疑問を抱いた八十八だったが、それも僅かな間だけだった。

　浩太朗は、座敷牢に閉じ込められていた。

　本来、浩太朗が寝起きしていた部屋に、座敷牢など設けているはずはない。おそらく、ああいう状態になったので、やむなく移したのだろう。

　田所は、逡巡するようであったが、やがて「分かりました」と応じた。

五

「凄いですね――」

　浩太朗の部屋に足を踏み入れた八十八は、思わず口にした。

　かなり広い部屋ではあるが、それだけではない。部屋の至るところに、絵やら茶碗やら、人形やらが置かれていた。

　そのまま、骨董の店を出せそうだ。

「浩太朗様は、こういった骨董品を集めるのが、好きでいらっしゃるので――」

田所の表情に、わずかではあるが苦いものが浮かんだ。

八十八などからすれば、そんな顔をするようなことではないと思うが、武家の嫡男ということになると、そういうわけにはいかないのかもしれない。

「ほほう。なかなか目利きのようですね」

土方は、感心しながら、部屋の中の物を一つ一つ丹念に見て回っている。

「この部屋はいかん……」

言ったのは、道雲だった。

太い眉を下げ、顔が青ざめている。怯(おび)えているのかもしれない。

「そうですね。ここは、まさに蠱毒の中——」

朱葉が同意をした。

表情は変わらないが、それでも、声がほんの少しだけ震えているように、八十八には感じられた。

「どういうことです?」

八十八が問うと、道雲と朱葉が顔を見合わせた。

「とにかく、一度、この部屋を出ましょう」

朱葉の申し出に応じるかたちで、全員が部屋を出て廊下に立った。

その途端、朱葉が頭を抱えるようにして、その場にへたり込みそうになる。

「あっ」

八十八は、慌ててそれを支えた。

実際に触れた朱葉は、思っていたよりずっとか細く、そして軽かった。

中身が空っぽなのではないかとすら思える。

「ありがとうございます」

朱葉が、礼を言いながら八十八を見た。

その瞳を見て、八十八はわずかに固まった。

これまで、全然気付かなかったが、こうして間近に見ることで、初めて気が付いた。

朱葉の瞳は、黒でも茶色でもなく、灰色だった。

もしかしたら、これまで朱葉の目に生気がないと思っていたのは、この瞳の色のせいかもしれない。

そうだとすると、これまで八十八は、朱葉に対して誤った印象を抱いていたことになる。それは、失礼極まりないことだ。

「あの……もう大丈夫ですから」

朱葉に言われて、八十八はあたふたしながら手を離した。

その慌てぶりを見て、道雲が声を上げて笑った。

八十八は、恥ずかしさのあまり、火照る顔を下に向け、はあっと息を吐いた。

しかし、こんなことで落ち込んではいられない。八十八は、息を吸い直して顔を上げた。

花のような甘い香りが鼻腔をくすぐる。

おそらく朱葉の残り香だろう。

朱葉は、動揺する八十八とは対照的に、さっき倒れかかったのが嘘であったかのように、凛とした佇まいでいる。

——どうして朱葉は、憑きもの落としなどやっているのだろう？

見方が変わったせいか、急にそのことが気になった。

年は、八十八とたいして変わらない。こんなにも若いのに、憑きもの落としを生業にしているのには、何か特別な事情があるのかもしれない。

灰色のあの瞳が、関係しているのだろうか？

あの瞳には、浮雲と同じように、幽霊が見えるということも考えられる。

「浩太朗様の部屋に、何かあったのですか？」

田所の問いが、八十八の考えを断ち切った。

そうだった。道雲と朱葉の言動からして、あの部屋に何かあったことは確かなのだが、それが何なのか、まだ明かされていない。

朱葉と道雲が視線をかわす。

無言のまま、どちらが話をするべきか、相談しているようだった。やがて——。

「あの部屋には、幽霊がうじゃうじゃいる」

道雲が、酷く陰鬱な顔で言った。

「へ？」

八十八は、言われたことの意味が分からず首を傾げる。

「あの部屋には幽霊がいるんだよ。それも、一人や二人じゃない。十人近い幽霊が、その辺を彷徨っていやがる」

道雲が、苛立ちの滲む声で言う。

「そ、それは本当ですか？」

驚く八十八を見て、朱葉が「本当です」と答えた。

「正直、この家に来たときから、ずっと気になっていました。屋敷のあちこちで、幽霊の姿を見かけました」

朱葉は、目頭を押さえるようにして言う。

「浩太朗様に憑依している幽霊だけではないということですか？」

田所が、切羽詰まった声で言う。

「はい。もしやと思いますが、浩太朗様以外にも、心霊現象が起きているのではありませんか？」

田所は、何か思い当たる節があったのか、はっという顔をした。

だが、何も言わなかった。

「何かあったのですね」

朱葉が、念押しするように言う。

「それが心霊現象かどうか分かりませんが、浩太朗様が、あのようになられた前後に、女中が二人ほど、体調が優れないので暇を取りたいと……」

「おそらく、その女中は憑依されていたか、あるいは幽霊を見て怖くなって逃げたか――だな」

道雲が、軽く舌打ちをした。

「あくまで、臆測でしかありませんが、おそらく幽霊は、浩太朗様が集めた品々に憑依していたものと思われます」

「品物に？」

八十八は、目を剝いた。

「ええ。先ほど、蠱毒のような呪具を使ったと言いましたが、それは違ったようです。浩太朗様は、それと知らずに、幽霊が憑依した品々を集めてしまっていたのでしょう」

「そうした品々に囲まれているうちに、幽霊に憑依されたってわけだ」

朱葉の言葉を引き継ぐように、道雲が言った。

「では、浩太朗様は、偶々呪われた品々を集めてしまっていた――ということですか？」

「そいつは違うな」

道雲が、すぐさま八十八の考えを打ち消した。

「しかし……」

「偶然だけで、呪われた品物を、こんなにたくさん集められると思うか？」

「そうですね……」

道雲の言う通りだ。

偶々、一つそういう品物を手に入れたということなら分かるが、話を聞く限りそうではないのだ。

「何者かが、浩太朗様に、そうした品物を渡していたんだろ」

「いったい誰が？」

田所の問いには、怒りの感情が混ざっていた。

「おそらく――」

これまで黙っていた土方が口を開いた。

全員の視線が、自分に向けられるのを待ってから、土方は続ける。

「浩太朗様に、こうした骨董品を売っていた決まった店があるはずです」

田所は「すぐに調べさせます」と応じた。

本当に、大変なことになった。

だが、同時に、ほっとしている部分もある。

このままいけば、浮雲がいなくとも、道雲と朱葉の二人で事件を解決することができそうだ。

ああだこうだと文句を言わない分、浮雲よりいいかもしれない。と、そこまで思ったところで、八十八の中に、ある疑問が浮かんだ。

「あの――もしかして、お二人には幽霊が見えているのですか？」

よくよく考えてみると、二人の言動は、そうでなければ説明ができない。

道雲と朱葉は、驚いたように目を丸くして八十八を見た。そんな顔をされるほど、おかしなことを訊ねたつもりはない。

「お前さんは、今さら何を言っているんだ？　見えているに決まっているだろ。そうでなければ、憑きもの落としなんぞ生業にしておらん」

道雲が半ば笑いながら言った。

「私も見えています」

そう答えた朱葉が、ふっと口から息を吐いた。

勘違いかもしれないが、それが、八十八には笑っているように見えた。

「大変です！」

そんな空気を打ち破るように、家臣と思しき男が、駆け寄って来た。

「何事だ？」

田所が、その慌てぶりを咎めるような口調で問う。

「浩太朗様が！　浩太朗様が！」

「落ち着け。浩太朗様が、どうされた？」

「消えました――」

家臣の放った言葉に、その場が凍り付いた――。

田所が血相を変えて駆け出す。

道雲と朱葉が、そのあとを追いかける。八十八は、どうすべきか迷っていたが、土方が小さく頷いてから走り出したので、そのあとについて行った。

浩太朗がいた奥の部屋に入った。

部屋の中央に、女中のお鶴が倒れていて、何かに怯えているのか、がたがたと身体を震わせていた。

そして――。

座敷牢の戸が内側から破壊され、木片があちこちに飛び散っていて、中にいるはずの浩太朗が消えていた。

「どうした？　何があった！」

田所が、お鶴に詰め寄る。

「浩太朗様が、格子戸を突き破って外に……」

お鶴の言葉に、その場が騒然となった。

六

「本当に、困ったことになりました……」

八十八は、とぼとぼと歩きながら呟いた。

あれから総出で屋敷中を捜し回ったが、浩太朗を見つけることはできなかった。

おそらく外に出たのだろうということで、堀口家の者たちが、今も必死に捜し回っているはずだ。

憑きものを落とすべき当人がいないのでは話にならないので、道雲や朱葉、それに八十八たちも一度引き揚げることとなった。

「はい。なかなか厄介なことになりましたね――」

そう応じた土方だったが、その顔には全然焦っている様子がない。

「これからどうしましょう？」

八十八が訊ねると、土方はぴたっと足を止めた。

「それは構いませんが、浮雲さんは動くでしょうか？」

「そうですね――八十八さんは、これまでのことを詳しくあの男に伝えて下さい」

それが一番の問題だ。

浮雲であれば、此度の不可解な事件を解決する糸口を摑んでくれそうだが、頑なに足を運ぶのを拒んだのに、今になって急に協力するとも思えない。

「嫌がったところで無駄ですよ」

土方は、にっと笑った。

「無駄？」

「ええ。あの男が、どんなに嫌がろうとも、かかわらざるを得ないでしょうね」

「そうなんですか？」

「そうです。あの男は、逃れられない縁の中にいますから――」

「はあ……」

縁とは、いったい何のことだろう？　狩野遊山との因縁のことだろうか？　そもそも、狩野遊山は、今回の事件にかかわっているのだろうか？

分からないことだらけで、ほとほと嫌になる。

「では、私はこれで――」

土方が踵を返した。

「土方さんは、どこに行くんですか？」

「少しばかり、気になることがありますので、そちらを調べてみます」

「そうですか……」

背を向けて歩き出した土方だったが、何かを思い出したらしく、急に方向転換をして八十八の許に歩み寄って来た。

「くれぐれも、ご注意下さい」

土方が、八十八の耳許で囁く。

「へ？」

「真っ直ぐに、あの男の許に向かって下さい。間違っても、ご自分で何かしようとは思わないように」

そう告げると、土方はまるで走るような速さで立ち去った。

今のは、いったいどういう意味なのだろう。八十八が誰かに狙われているとでも言いたげだった。

だが、さすがに今回は、それはないだろう。

これまで幾つもの事件にかかわり、その身を危険に晒すことはあったが、それは八十八が何かを知ってしまった——或いは、邪魔者だと判断されたからだ。

堀口家の一件に関しては、何一つ分かっていない。八十八は、ただ見ていただけなのだから、相手にとって邪魔になるようなこともない。

襲われる道理がないのだ。

土方が、気にし過ぎているだけだ——などと考えているときに、急にぽんと肩を叩かれた。

「ひゃっ！」

八十八は、驚きのあまり奇妙な声を上げながら、飛び跳ねるようにして振り返る。

そこにいたのは、武家である萩原家の娘——伊織だった。

ある心霊事件をきっかけに知り合い、それ以来、八十八のような町人にも、分け隔てなく接してくれる優しい女だ。

今は着物姿で、睡蓮の花のような可憐さを醸し出しているが、伊織は剣術をたしなんでいて、剣を持つとまた雰囲気が大きく変わる。

どちらにしても、美しいことには変わりない。

「ごめんなさい。驚かしてしまったようですね」

伊織が、にっこりと笑みを浮かべる。

「いえ。違うんです。私が、妙なことを考えていたものですから……」

「妙なこととは、何ですか？」

伊織が首を傾げる。

「はい――」

八十八は、伊織に問われるままに、これまでのことを語って聞かせることとなった。

説明は得意な方ではなく、話が前後してしまったりしたが、伊織は辛抱強く耳を傾けてくれた。

「まさか、堀口家の浩太朗様が、そのようなことに……」

八十八が話し終えると、伊織が小さく頭を振った。

「堀口家のことをご存じなのですか？」

「そんなに詳しいわけではありませんが、その名は耳にしています。堀口家は、徳川家直参の家とも近しい名家ですから」

「そうなんですか……」

八十八のような町人からしてみれば、武家の名前を聞いたところで、さっぱりだが、伊織の口ぶりからして、相当に高い家柄なのだろう。

などと考えながら歩いていると、背後でチリン――と鈴の音が聞こえた。

足を止めて振り返る。

視界に飛び込んできたものを見て、心の臓が飛び跳ねた。

深編笠を被り、法衣を纏った虚無僧の姿が見えた。虚無僧など、別に珍しくもない。

驚くまでもないのだが──。

その虚無僧が纏う異様な気配に、八十八の目は釘付け(くぎづ)けになった。

あれは、ただの虚無僧ではない。あのように、禍々しい気を撒き散らしている虚無僧を、八十八は一人しか知らない。

狩野遊山だ──。

幸いにして、向こうはこちらに気付いていないらしく、歩みを進めている。

もし、狩野遊山が事件にかかわっているのだとしたら、そのあとをつければ何か分かるかもしれない。

「八十八さん、どうかしたのですか?」

伊織が訊ねてきた。

「いえ。あの……伊織さんに頼みがあります」

「頼み?」

「はい。今から浮雲さんを呼んで来て欲しいのです」

「浮雲さんを呼ぶとは、どういうことですか?」

「とにかく、お願いします」

八十八は、押しつけるように言うと、虚無僧のあとを追って駆け出した。

──間違っても、ご自分で何かしようとは思わないように。

土方の言葉が脳裏を過る。

このまま、狩野遊山のあとをつけるというのは、自ら火の中に飛び込むような危険な行為だということは分かっている。

だが、引き返したりしたら、もう二度と狩野遊山の姿を見つけることはできないかもしれない。

今回の事件の謎を解く、千載一遇の機会かもしれないのだ。

八十八は、汗で濡れる拳をぎゅっと握り締め、覚悟を決めると、狩野遊山の背中を見据えて歩き続けた。

日が暮れ始め、辺りは薄らと朱に染まっていた。

狩野遊山は、大通りを外れ、細い路地へと入って行く。あっちへ行ったり、こっちへ行ったり、幾つもの角を曲がる。

もしかしたら、八十八につけられていることに気付き、撒こうとしているのではあるまいか?

などと考えていると、虚無僧は急に歩調を緩め、一軒の荒ら屋の前で足を止めた。

しばらく、じっと荒ら屋を見ていた虚無僧だったが、周囲を窺うような素振りを見せたあと、中に入って行った。

あんな荒ら屋に、いったい何の用があるというのだろう。

八十八は、慎重な足取りで敷地に足を踏み入れると、改めて建物を見上げた。

以前は、どこぞの武家の家だったのかもしれないが、今にも崩れてしまいそうだ。

やはり、引き返そうか——。

そんな思いが過ったが、このまま帰るのは、どうにも臆病である気がしてしまった。

別に、何かしようというわけではない。少し中を覗いてみるだけだ。

八十八は、建物に近付くと、中が覗けそうな場所を探した。

だが、家は全て雨戸で塞がれていて、覗けるようなところが見当たらない。

「参ったな……」

呟きながら建物の裏手に回った八十八は、半開きになった戸を見つけた。

あそこなら、中を見ることができるかもしれない。戸の隙間に顔をつけるようにして覗き込む。だが、暗くて何も見えない。

やはり、中に入るしかないのだろうか。いや、そんなことをすれば、まず間違いなく見つかってしまうだろう。

あと少しだけ、戸を開けるくらいなら、大丈夫かもしれない。

八十八は、屈み込むようにして、そっと戸に手をかけ、ゆっくりと力を込めながら引いた。

ずずっ——。

大した音ではないはずなのに、緊張しているせいか、もの凄く響いた気がする。

だが、まだ気付かれていないはずだ。

八十八は、屈んだ姿勢のまま、再び戸に顔を近付けた。

「誰かと思えば、八十八さんではありませんか――」

急に声をかけられ、八十八は飛び上がるようにして振り返った。

夕闇の中、虚無僧が立っていた。

深編笠で顔は見えない。だが、その声に聞き覚えがある。狩野遊山だ――。

「気付いていましたよ。ずっと、私のことをつけていましたね」

遊山が、ずいっと八十八に歩み寄る。

その圧倒的な存在感に気圧(けお)されて、八十八は一歩、二歩と後退(あとずさ)った。が、すぐに背中が戸にぶつかった。

古びた戸は、寄りかかる八十八の身体の重みを支えきれずに、バキッという音とともに壊れた。

八十八は、ひっくり返るようにして倒れ込んだ。

すぐに立ち上がったものの、辺りが一気に暗くなっていた。どうやら、倒れた拍子に、荒ら屋の中に入ってしまったようだ。

遊山が、八十八の逃げ道を塞ぐように戸口に立った。

突き飛ばして逃げようかとも思ったが、身体が動かなかった。

たとえ身体が動いたところで、狩野遊山相手に、その程度のことで、逃げおおせるはずもない。

「何をそんなに怯えているんですか？」

遊山が、ずいっと歩み寄りながら問う。

深編笠を被っているので、その表情は分からない。だが、微かに笑ったような気がした。

「わ、私は……」

「大丈夫ですよ。あなたを殺したりはしません。今は――ということですが」

「そ、そんなの信じられません」

「そういうことを言われると、殺したくなってしまうじゃありませんか――」

遊山は冷淡に言うと、また一歩前に出た。

いつの間にか、その手には刀が握られていた。

慣れた手つきで、ゆっくりと鞘から刀を引き抜いていく。まるで、八十八が恐怖に震える姿を楽しんでいるかのようだ――。

「や、やはり殺す気なのですね」

「どうでしょう？　あなたは、どう思いますか？」

刀の切っ先が、八十八の鼻先に突きつけられた。

刃の放つ冷たい光が、八十八の恐怖心をさらに煽っていく。だが、この恐怖に屈すれば、狩野遊山の思う壺だ。

「私は、のこのこと一人であなたのことをつけたわけではありません」

八十八は、狩野遊山を睨み付けながら言う。

冷静になろうとしているのに、震える声は、どうにも抑えようがなかった。

「知っていますよ」

「え？」

「小娘に、あの男を呼びに行かせたのでしょう？」

「…………」

全て承知していたのか――。

そもそも、伊織に浮雲を呼びに行かせたことを知っているということは、わざと八十八にあとをつけさせたというより、まんまとこの場所に誘き出されたといった方が近いのかもしれない。

「小娘が、あの男を呼びに行って、ここに駆けつける――それまで、八十八さんは生きていられますか？」

その問い掛けに、八十八は心底震えた。

神社まで行くのに、相当時間がかかる。それだけではない。八十八は、どこに行くのか伝えたわけではない。捜し出すのにも時間がかかるはずだ。

浮雲たちが見つけるのは、八十八の死骸かもしれない。

「あの男に、伝えておいて下さい」

遊山が、すうっと切っ先を鼻から喉に向かって下ろしながら言う。

「つ、伝える？」

「ええ。この件から、手を引くように。さもなくば、狙われるのは、あなた自身だ——と」

「どういうことですか？」

やはり、今回の一件は、狩野遊山の謀なのだろうか？

「色々とお話ししたいのは山々ですが、あまり時間は無さそうですね」

遊山が、言い終わると同時に、黒い影が、もの凄い速さで飛び込んで来た。

次いで鋼を打ち鳴らすような音が響いたかと思うと、狩野遊山の姿が忽然と消えた。

——何が起きたんだ？

困惑しながらも、八十八は戸口から外に出た。

「あっ！」

そこには、狩野遊山の姿があった。そしてもう一人——土方もいた。

互いに刀を構え、距離を取って見合っている状態だ。

「いきなり斬り付けるとは、無粋な方ですね」

狩野遊山が口にする。

「妙なことを言いますね。あなたは、私がいることに気付いていたでしょう」

土方の言葉を聞き、八十八は「ああ」と納得する。

狩野遊山が時間は無さそうだ——と口にしていたのは、土方がすぐそこまで迫っていることを察していたからだろう。

「まあ、そうですね。しかし——腕を上げましたね。私の笠が台無しです」

見ると、狩野遊山の笠の前の部分が、真横に五寸（約十五センチ）ほど切れていた。

どうやら、あの一瞬で、土方の刀が狩野遊山の笠を捉えていたようだ。あと半歩ほど踏み込みがあれば、勝負が付いていたかもしれない。

「世辞などらしくない。見切っていたのでしょう」

「そうでもありませんよ。あなたは、あの男と違って、躊躇いなく人が斬れる男ですからね」

遊山は深編笠を脱ぎ、投げ捨てた。

その全身の異様さに反して、女と見紛うほど線が細い。化粧をしたら、色里に立っていてもおかしくないほどの妖艶さを持っている。

「それで、どうします？　このまま斬り合いますか？　それとも、退きますか？」

土方がじりっと遊山に近寄る。

「少しだけ、楽しむとしますか――」

言い終わるなり、遊山が動いた。

袈裟懸けに斬り付けたかと思うと、素早く刀を返し、斬り上げる。

土方は後退りながら刀を合わせて凌ぐ。

だが、遊山の攻撃は終わらない。大きく踏み込みながら、横一文字に斬り付ける。

土方は、後方に飛び退きながら、何とかそれを躱すが、遊山は、そのまま回転して、再び横一文字に斬り付ける。

刀で捌きながら、辛うじて土方はこれを防ぐ。

目まぐるしい攻防に、八十八はただただ唖然とするばかりだった。

これまで幾度か土方が立ち合う姿を見たことがあるが、そのどれもが一方的な展開で、瞬きする間に終わっていたという感じだ。

だが、今回は違う。

手練同士の立ち合いはこうも凄まじいものなのか――八十八は面喰らっていた。

しかし、感嘆ばかりしてもいられない。

素人の目から見ても、遊山が圧しているのが分かる。土方は、防戦一方だ。

それが証拠に、肩で息をしている土方に対して、遊山は楽しそうに笑みを浮かべる余裕すらある。

「どうします？　まだ、続けますか？」

遊山が土方に問う。

ここで土方が何と答えようと、戦いを止(や)める気などないことは、その口調から明らかだった。

「まさか。こんなに楽しいのに、止める理由などありませんよ」

土方は、そう応じると、にたっと笑った。

――楽しいと言ったのか？

真剣で、命のやり取りをしているにもかかわらず、土方はそれを楽しいと言う。

狩野遊山のことは、もちろん恐ろしいが、土方のこともまた、恐ろしいと感じてしまった。

そうまでして戦いに興じる様は、修羅そのものだ。

土方の闇を見た気がする。

「では、遠慮なく――」

狩野遊山は、もの凄い速さで土方に突きを繰り出す。

逃げるかと思ったが、土方はにっと笑みを浮かべるなり、逆に踏み込みながらこちらも突きを繰り出す。

二人の突きが交錯した。

――どうなった？

まるで時間が止まったかのように、二人とも微動だにしなかった。

「土方さん。あなたは、やはり面白い。守りを捨てて、攻撃に転じるとは思いませんでしたよ」

嬉しそうに言う遊山の左の首筋から、血が流れ出ている。

だが、致命傷ではない。すんでのところで躱されている。土方の刀が掠めただけだ。

「守ってばかりでは、勝てませんからね」

そう応じた土方の左の肩からも、血が流れ出ている。

こちらもそれほど深い傷ではない。

双方ともに突進しながら突きを繰り出し、かつ相手の突きを躱したということのようだ。もはや、人間業とは思えない。

「もう、その辺にしておけ――」

聞き慣れた声がした。

はっと目を向けると、土方の後方に、いつの間にか人が立っていた。

浮雲だった――。

両眼を覆う布はない。赤い双眸で、真っ直ぐに遊山を睨んでいる。

「せっかく、楽しくなってきたところだというのに、あなたは、本当に間の悪い人ですね」

「黙れ。死にたくなければ、さっさと立ち去れ！」

浮雲が大喝する。

「よく言いますね。あなたに、人を殺すことはできないでしょ」

「相手がお前であれば、殺せるさ」

「強がりはおよしなさい。あなたには、できませんよ」

「試してみるか？」

「試すまでもありません。ただ——この場は退くことにしましょう」

狩野遊山は、冷めた口調で言うと刀を鞘に納めた。

今、斬りかかれば、狩野遊山を打ち倒すことができる。そう思ったが、浮雲も土方も動かなかった。

「土方さん。やはり、あなたはこちら側の人間ですね。また、お会いできるのを楽しみにしています」

狩野遊山は、そう言い残すと、平然と背中を向けて歩き去って行った。

その姿が見えなくなるのと同時に、土方が崩れるように片膝を突いてしまった。

「土方さん。大丈夫ですか？」

八十八は慌てて駆け寄る。

土方は「大丈夫です」と、八十八を押しのけるようにして立ち上がった。

その顔は、憤怒と苦渋に満ちていた。

「命拾いしたな」

浮雲が声をかけると、土方の表情は、より一層歪んだ。

「そうですね……手加減してもらって、この様とは本当に情けない……」

——え？

今、土方が言ったことが本当だとしたら、遊山は、本気で立ち合っていなかったということになる。

本当の遊山は、あれよりもっと凄いのか？

それは、もはや八十八の想像を絶しているように思えた。

七

「どうして、ここに浮雲さんと土方さんが？」

八十八は気になっていたことを口にした。

伊織に、浮雲を呼びに行くよう頼みはしたが、それにしては到着が早過ぎる。それに土方は、他に調べることがあると、八十八の前から立ち去ったはずだ。

「何を偉そうにしてやがる。助けてもらったんだから、礼が先だろうが」

浮雲に、頭を小突かれた。

言いたいことは山ほどあるが、浮雲の言うことはもっともだ。

危ういところを助けてもらったのだから、感謝する方が先だ。まして、土方はそのせいで怪我を負っているのだ。

「本当に、ありがとうございます」

八十八が腰を折って頭を下げると、土方が「いいのです」と笑みを浮かべた。

「しかし……」

「助けに来たなんて、たいそうなものではありません。私たちは、八十八さんを利用してしまったのですから……」

土方は、ばつが悪そうに頭をかいた。

「利用？」

八十八が訊き返すと、浮雲はそっぽを向いてしまった。

仕方ないといった感じで、土方が話し始める。

「実は、私はあのとき、立ち去ったように見せただけで、離れた場所から八十八さんを見ていたのです」

「何と！」

八十八は、驚きのあまり声が裏返りそうになる。

土方が見ていたなど、まるで気付かなかった。いや、そもそも、なぜそんなことをする必要があったのか？　八十八がそのことを問うと、土方が苦い顔をした。

「狩野遊山が、近くにいることが分かっていたからですよ」

「え？」

「狩野遊山は、堀口家を出てからずっと、私たちのあとをつけていました。それに気付いたので、あの男の真意を探る為にも、少しばかり芝居を打ったというわけです」

「つまり、私を囮にした――と」

「狩野遊山が、私と八十八さんのどちらを狙っているのか、分かりませんでした。そこで、離れてみることにしたわけです。結果的に、八十八さんを囮にしてしまった。申し訳ありません」

土方が、恐縮した顔で頭を下げた。

「いえいえ。そんな……」

八十八は大きく頭を振った。

別に、謝られるようなことではない。土方が先に、遊山につけられていることに気付かなければ、本当に一人になったところを狙われていたのかもしれないのだ。

「それから、伊織さんのことですが……」

土方が名前を出したことで、今さらのように焦りが生まれた。

「伊織さんは、何処にいるんですか？」

「ご安心下さい。八十八さんと別れたあと、私の方で声をかけて、『丸熊』で待っているように話しておきました」

「そうですか……」

ほっと胸を撫で下ろす。

これで、土方が素早く駆けつけてくれた理由は分かった。だが、もう一つ疑問が残っている。

浮雲だ——。

手を引いたはずの浮雲が、どうして今ここにいるのか。

八十八は、説明を求めて視線を向けたが、浮雲は顔を背けたまま答えようとしない。

「ご自分で説明されたらどうです」

土方が、笑みを浮かべながらも、有無を言わさぬ口調で言う。

軽く舌打ちを返した浮雲だったが、やがて諦めたように長いため息を吐いてから話し始めた。

「蠱毒の話をしただろ――」

「はい」

浮雲が口にしたときは、何のことだか意味が分からなかったが、今は朱葉から話を聞いているので、どういうものかは知っている。

「霊媒師を集め、生き残りをかけて、やり合っている様は、まさに蠱毒だと思ったのさ」

「それは、そうかもしれません。ですが、それと、浮雲さんがここにいることと、どういう関係があるのですか？」

「蠱毒の中にいれば、己が呪いになっちまう」

「へ？」

「鈍い奴だな。分かるだろ」

「分かりません」

八十八は、きっぱりと言った。

何と言われようと、そんな曖昧な言い回しで、浮雲の意図が分かるはずがない。

「この男は、己が蠱毒の呪いになることを恐れたのですよ。それ故に、中ではなく、外から今回の一件を見ることにしたんです」

土方が言った。

浮雲の曖昧な言い方ではさっぱりだったが、土方の補足のお陰で、理解することができた。

ただ、そうなると――。

「浮雲さんは、事件を放り出したのではなく、外から見る為に、堀口家に行くことを拒否したのですか？」

「まあ、そんなところだ」

浮雲が肩を竦めてみせる。

なるほど――と今さらのように納得する。

浮雲は、事件から離れたように見せかけて、実は堀口家の近辺に控えていたということなのだろう。だから、これだけ早く駆けつけることができた。

と、ここで一つ引っかかることがあった。

「もしかして、土方さんは浮雲さんの意図を分かっていたんですか？」

八十八が訊ねると、土方はにっこり笑って「ええ」と頷いた。

「いつから分かっていたんですか？」

「社でのやり取りですよ。この男が、それとなく、自分の考えを匂わせたでしょ」

「そ、そうでしたか？」

今になって改めて考えてみると、確かにあのときの浮雲は、あまりに頑なだった。その一方で、土方には堀口家に行くように促していたような気もする。

わざわざ言葉に出さずとも、お互いの意図を感じ取り、それぞれが行動に移したということのようだ。

何だか羨(うらや)ましい。

八十八は、不意にそう感じた。浮雲と土方は、お互いに信頼し合っているからこそ、阿吽(あうん)の呼吸で動けるのだ。

二人の間には、絆(きずな)のようなものを感じる。

何にしても、これで一件落着だ——いやいや違う。事件は、何一つとして解決していなかった。

浩太朗は、幽霊に憑依されたままだ。

道雲と朱葉の話では、憑依している幽霊は、一人ではない。幾人もの幽霊が浩太朗にとり憑いているのだという。

さらに、それは、自然にそうなったのではなく、おそらく狩野遊山によってかけられた呪いのせいだ。

何より、憑依された浩太朗が、座敷牢を抜け出し、行方知れずになっている。

八十八が、そのことを早口に言うと、浮雲は勝ち誇ったように、にいっと笑ってみせた。

「そう慌てるな」

「しかし……」

「外から見たお陰で、色々なことが分かった」

「色々なこと？」

「まあ見ていろ」

浮雲は、自信たっぷりに言うと、金剛杖でドンッと地面を突いた――。

八

八十八は、改めて堀口家を訪れることになった。

今度は、浮雲も一緒だ。さっきまでとは違い、その双眸を隠す為に、墨で眼が描かれた赤い布を巻いている。

土方は、傷の手当ての為に、診療所に行った。その代わりといっては何だが、伊織も一緒に来ることになった。

本当は、無関係な伊織を巻き込みたくなかったのだが、自分も行くと頑なだった。

話だけ聞いて、あとから報されるというのは、どうにも納得できなかったのだろう。

正直、八十八が同じ立場でも、同様だったと思う。

浮雲が、「浩太朗の居場所を突き止める算段がある――」と告げると、すんなり中に通された。

最初に集まった大広間に行くと、見知った顔があった。

「お二人もいらっしゃっていたんですか？」

八十八が声をかけると、道雲が「おう」と軽く手を上げ、朱葉が小さく顎を引いて頷いた。

「一度は帰ったものの、どうにも気にかかってな」

道雲が腕組みをする。

「私も、同じです」

朱葉も小さく頷いた。

確かに、あの状況で帰されたのでは、気がかりで落ち着いてはいられないだろう。

「それで――白い着物の兄さんは、どうしてまた急に？」

道雲が、鋭い眼光を浮雲に向ける。

「消えたという坊ちゃんの、行方を突き止める為さ」

浮雲は、さも当然のように言うと、赤い布に墨で描かれた眼で、道雲を見下ろした。

「ほう。では、浩太朗様の行方を知っている――と？」

道雲が問いかけたところで、襖が開き、田所と河上が部屋に入って来た。

「浩太朗様の行方を確かめることができるそうですが、それは真ですか？」

田所が開口一番に言った。

嫡男が行方不明になるという一大事だけあって、相当に焦っているのだろう。声が上ずっていた。

そこにいる者の視線が、一斉に浮雲に向けられる。

浮雲は、それを愉しむようにたっぷりと間を置いてから、ドンッと金剛杖で床を突いた。

それだけで、部屋の空気が一気に引き締まったように思える。

「ああ。その前に、浩太朗がいたという座敷牢に案内してもらえるか？」

浮雲が言うと、田所は大きく頷いてから、先導するように歩き出す。八十八は、浮雲や伊織と一緒に、そのあとに続いた。

道雲と朱葉も、一緒について来ている。しんがりには、河上の姿もあった。

列を作り、ぞろぞろと移動し、浩太朗がいた座敷牢にたどり着く。

部屋の中には、相変わらず女中のお鶴が座っていた。

「ここか――」

部屋に入るなり、浮雲が呟いた。

「で、浩太朗様はどこにいるんです？」

田所が焦れたように問う。

「まあ、そう焦るな。まずは、誰が、浩太朗を座敷牢から出したのかを、はっきりさせようじゃないか」

浮雲が言うと、道雲がふんっと鼻を鳴らして笑った。

「あんたは、あのときいなかったから分からんのだ。浩太朗様は、自分で座敷牢を飛び出したんだ。そうだな？」

道雲が、お鶴に目を向ける。

お鶴は「はい」とか細い声で答えた。

道雲の話に嘘はない。それが証拠に、座敷牢の格子戸は、内側から破壊されてしまっている。

堅牢な座敷牢の格子戸に、内側から相当大きな力が加わったのは確かだ。

「違うね。座敷牢の格子戸は、浩太朗が内側から破ったのではなく、何者かが、外側から破壊した」

浮雲は、自信たっぷりに言う。

「しかし――破片の状態を見れば、内側から壊されたことは、疑いようのない事実だと思います」

口を挟んだのは朱葉だった。

浮雲は、墨の眼で朱葉を一瞥したあと、ふと口許に笑みを浮かべた。

「お前もなかなかの役者だな」

——今のはどういう意味だ？

あの言い様では、まるで朱葉が真相を知っていながら、惚けていると指摘しているように聞こえる。

まるで、朱葉こそ犯人だと言いたげだ。

「どういう意味です？」

朱葉が、目を細めて浮雲を見返す。

表情が乏しい朱葉の顔に、苛立ちが滲んでいるようで違和を覚えた。

「言葉のままさ」

「何が仰りたいのか分かりません」

「ほう。まだ惚けるか？」

「おいおい、話が逸れてるぜ」

殺伐とした成り行きに割って入ったのは道雲だった。

「おれも、この座敷牢の戸は、内側から壊されたと思っている。どうして、あんたは外側からだと言っているんだ？」

道雲が、話を本筋に戻した。

「外側から破壊することも可能だからさ」

浮雲はこともなげに答える。

「状況から考えて、それはないだろう。外側から破壊したのなら、戸の壊れ方は、もっと違うはずだ」

道雲が、座敷牢の戸の前に屈み込み、折れた格子に触れる。

そのどれもが、内側から外側に向かって折れているのが分かる。外から力を加えたのではでは、そうはならない。

「お前らの目は節穴か？」

浮雲が、呆れたように言う。

その言い様に、むっとしたらしく、道雲が表情を歪める。

「だったら、その節穴にも分かるように、どうやったのか教えてくれや」

立ち上がり、詰め寄る道雲に、浮雲はにいっと笑ってみせる。

「簡単な話だ。格子に縄をくくりつけて引っ張ればいいのさ。そうすれば、外側に向かって戸は壊れる」

確かに、縄などで引っ張れば、浮雲の言う通り、内側から外側に向かって格子戸を壊したように見せることはできるかもしれない。

だが――。

「縄で引っ張ったくらいで、そんな風に壊れるでしょうか？」

座敷牢の格子戸は、かなり堅牢なものだった。そんな簡単にはいかない気がする。

「この戸の壊れ方を見て、おかしいことに気付かないか？」

浮雲が、金剛杖で座敷牢を指し示す。

「え？」

「内側からだろうが、外側からだろうが、格子戸に強い力を加えた場合、一番最初に壊れるのは何処だと思う？」

言われて「あっ！」となる。

蝶番（ちょうつがい）が一番弱いのだから、そこが壊れるはずだ。だが、この格子戸の蝶番の部分は無事だ。

真ん中の辺りの格子が、壊れてしまっている。

そうなると――。

「どうして、こんな風に壊れたんですか？」

「これが、その答えだ」

浮雲が懐から、五寸ほどの折れた棒きれを取り出し、畳の上に放った。形状からして座敷牢の格子の一部であったことは、明らかだ。

「これが、どうしたんです？」

八十八が問うと、浮雲は呆れたという風にため息を吐く。

「壊れた格子の一部だ」

「どうしてそれを浮雲さんが？」

「土方が、持ち出したものだ。それより、ちゃんと見てみろ」

言われて、八十八は格子戸の破片を手に取ってみる。伊織も、覗き込むようにしてそれを見ている。

さっきより、じっくりと見てみたが、やはり浮雲が何を言わんとしているのか分からない。

一方で、伊織は何かを思いついたらしく「そうか」と声を上げた。

「何か分かったのですか？」

「よく見て下さい。これ──切り込みが入っています」

伊織が、指で指し示しながら言う。

それを見て、八十八にもようやく分かった。

目立たないようにではあるが、棒きれの端の部分に、僅かに切り込みが入っているのが分かった。

つまり、前からこの格子戸は、壊れやすくなっていたということだ。

「本当か？」

ける。

道雲が、ずいっと歩み寄り、八十八から棒きれを奪い取るようにして、丹念に目を向

「ふむ。確かに、切り込みが入っているようだな」

「こちらにも、幾つか切り込みがありますね」

朱葉が、座敷牢に残っている格子戸の破片に触れながら答える。

「でも、仮に切り込みが入れてあったとしても、やはり縄で引っ張ったくらいでは、こんな風に壊れないと思います」

八十八が言い募ると、浮雲がうんと一つ頷いた。

「八の言う通りだ。引っ張るにしても、相当な力がいったはずだ」

「複数の人間で引っ張ったということですか？」

伊織が問うと、浮雲が首を左右に振った。

「いや。引っ張ったのは一人だ」

「でも、だとしたら……」

「正面から一人で引っ張っただけなら、格子戸を壊すのは難しい。だが、他に方法がある」

「どんな方法ですか？」

八十八が問うと、浮雲は頭上にある梁(はり)を指さした。

「梁――ですか？」

「そうだ。格子戸にくくりつけた縄を、梁に引っかけて、そのまま縄にぶら下がれば、滑車のように強い力が一気にかかり、格子戸が壊れるって寸法だ」

「何ということだ……」

田所が呻くように口にした。

「さて、問題は、誰がやったのか――ということだが――」

浮雲は、尖った顎に手をやる。

悩んでいるような素振りではあるが、実際、そうでないことは明らかだった。

「誰が、このようなことを」

田所が、怒りに満ちた声を上げる。

「わざわざ言うまでもねぇだろ。この格子戸が、外側から破られたものだとすると、一人だけ嘘を吐いている者がいる。そうだろ――」

浮雲は、ゆっくりと墨で描かれた眼を、ある人物に向けた――。

九

お鶴がビクッと肩を震わせる。

何かを言おうと口を開いたものの、何も発することはなかった。だが、言葉は必要ない。引き攣り、真っ青になったその顔が、全てを物語っている。

お鶴は、浩太朗が格子戸を突き破って、走り去って行ったと語っていた。

だが、浮雲により、座敷牢は外側から破られていたことが分かった。そうなると、お鶴の話が嘘であったということは明白だ。

「違うんです。私はただ……」

しばらくして、お鶴はそう言いながら立ち上がり後退った。

「どこに行くつもりだ」

それを逃がすまいと、道雲がお鶴の背後に立つ。

はっと振り返ったお鶴は、自らの胸元に手を当てた。その途端、道雲の表情が一気に強張った。

「そうはさせん」

道雲は、鋭く言うなり、お鶴の手を捻り上げる。

お鶴は抵抗して暴れる。揉み合うような恰好になったが、体格に勝る道雲に、うつ伏せの状態で組み伏せられた。

「まったく。油断も隙もあったもんじゃない」

道雲は、ため息混じりに言うと、鞘から引き抜かれた懐剣を放り投げた。

お鶴が隠し持っていた懐剣で抵抗しようとしたのを、道雲がいち早く察して、押さえつけたということのようだ。

「さて。この女には、色々と訊かねばならんな」

道雲が、そう告げるなり、組み伏せられていたお鶴が、再び暴れ出した。

ぐぎぃ！　と奇声を上げながら、気がふれたかのように、身体を捩って道雲を振り払おうとする。

「おい。大人しくしろ」

道雲は、何とか押さえつけようとするが、お鶴の暴れようは凄まじく、ついには弾き飛ばされてしまった。

窮鼠猫を嚙む――というやつかもしれない。

が、様子がおかしかった。

道雲を弾き飛ばし、身体が自由になったはずのお鶴は、逃げ出すことなく、床の上でのたうち回っている。

自らの喉をかき毟りながら、ぐがぁ――と声を上げる。

「毒か――」

浮雲が言った。

毒とは、どういうことだ？　八十八が困惑している間に、朱葉がお鶴に駆け寄ると、その口を開けて、吐き出させようとする。

だが、間に合わなかったようだ。

あれほど暴れていたお鶴は、ぴたっと動きを止め、白目を剝いたまま動かなくなった。

「手遅れでした……」

朱葉が小さく首を振る。

八十八は、ただ呆気に取られるばかりだった。それは、伊織も同じらしく、口に手を当て、呆然としている。

浮雲は苦渋に満ちた顔をしている。

「自害したか……。まさか、毒まで隠し持っているとは、思わなかった……」

道雲が、首を振ってから肩を落とした。

「よく言う」

浮雲が、ぼそっと口にした。

声は小さいが、その顔には、憤怒の感情が宿っているようだった。

今のは誰に対しての言葉なのか？　そして、どういう意味なのか？　八十八が答えを出せないでいるうちに、浮雲は話を続ける。

「お鶴は、懐剣も持っちゃいなかったし、まして、毒を忍ばせてもいなかった」

八十八は、思わず「え？」となる。

「何を言っているんです？　現に、お鶴さんは……」

八十八が堪らず言うと、浮雲は呆れたようにふんっと鼻を鳴らした。

「全部、そいつの芝居だよ」

浮雲が、金剛杖で、すうっと――道雲を指し示した。

「芝居？」

「そうだ。懐剣は、この男が持っていたのを、さもお鶴が持っていたかのように見せかけただけだし、毒も同じだ。元々、自分が隠し持っていたのを、お鶴に飲ませたんだ」

もし、それが本当なのだとしたら、道雲がどさくさに紛れてお鶴を殺したということになる。

「何を根拠に、そんな言いがかりをつけるんだ？」

道雲が、眉を顰めながら問う。

「根拠ならあるさ」

浮雲は、そう言いながら、お鶴が持っていたとされる懐剣を手に取る。

刃先がきらりと光った気がした。

「ほう。どんな根拠があるんだい？」

道雲が挑むような視線を、浮雲に向ける。

「袖に隠したものを出せ」

「何のことだか、分からんな」

「ほう。あくまでしらばっくれるか」

「何を言っているんだ？」

「ならば――」

浮雲は、言い終わるなり、素早く懐剣で道雲に斬り付けた。

「なっ！」

八十八は、浮雲のあまりに唐突な暴挙に、思わず声を上げた。

一瞬、斬られた――と思ったが、道雲は素早く身を引いて躱したようだ。なかなかの身のこなしだ。

身体は無傷だったが、着物の袖の辺りが切れて、ぱっくりと開いていた。

「いきなり斬り付けるとは、どういう了見だ？」

「根拠を示せと言ったのは、お前のはずだ」

「いきなり斬り付けることが、根拠になるとでも言うのか？」

「ああ」

浮雲が答えるのと同時に、切れて開いた袖口から、はらりと何かが落ちた。

それは、薬を包んだ紙だった。慌ててそれを拾い隠そうとする道雲の手を、金剛杖で浮雲が打ち付けた。

道雲は、「ぬっ！」と唸る。

「余計な動きをするんじゃねぇ」

浮雲が、薬包を摘まむようにして拾い上げる。

「貴様……」

「こいつの中身は何だ？」

「何でもない。滋養強壮の薬さ」

道雲が、この期に及んで強がってみせる。

「ほう。だったら、今すぐ飲んでみろよ。ほら——」

浮雲が、墨の眼で道雲を見据える。

こうなると、言い逃れる術はない。道雲は、諦めたのか、がっくりと肩を落とした。

「これは、いったいどういうことだ？」

浮雲に詰め寄ったのは、田所だった。その口調からも、表情からも、困惑が溢れ出ている。

それは八十八も同じだった。

お鶴が、浩太朗が自ら逃げたように見せかけ座敷牢から出したのは分かった。

そのお鶴を取り押さえるふりをして、毒を飲ませて道雲が殺害したことも確かなのだろう。

問題は、お鶴がなぜそんなことをしたのか？　そして、道雲はどうしてお鶴を殺す必要があったのか？

何より、浩太朗は今、何処にいるのか――。

「これで終わりだと思うなよ……」

項垂れていた道雲が、ぼそっと口にした。

何だか嫌な予感がした。

そして、それは的中した。

道雲は素早く立ち上がると、一気に駆け出し、部屋を飛び出して行った。

「出合え！」

田所が叫ぶ。

幾人かの家臣が、道雲の前に立ち塞がる。

だが、道雲はそれに動じることなく、猛牛のように突進して、家臣たちを突き飛ばしながら走り去って行った。

――何ということだ。

半ば唖然とする八十八とは対照的に、浮雲はにやっと余裕の笑みを浮かべている。

「わざと逃がしたのですね」

そう声をかけてきたのは、朱葉だった。

「何だと！」

田所が、聞き捨てならんとばかりに身を乗り出す。

「もう察しがついているだろうが、道雲って山伏と、お鶴は結託して、浩太朗を座敷牢から出した――」

「はい」

それは、八十八にも分かっている。

「座敷牢から出したということは、殺すのではなく、拐かすのが目的だったというわけだ」

「そうなりますね」

「つまり、道雲は浩太朗の行方を知っている」

「ええ」

「こうやって追い込まれた道雲は、この先、どこに行くと思う？」

――なるほど。

八十八も、ようやく浮雲の意図を察した。

おそらく道雲は、浩太朗の許に行くつもりだろう。無理に居場所を訊きだそうとしても、どうせ答えない。ならば、自分の足で向かわせ、そのあとをつけようと考えたのだ。

「でしたら、早く行かないと」

いつまでも、ここに留(とど)まっていては、追いつけなくなってしまう。

「だからお前は阿呆(あほう)なんだよ」

「どうして、そうなるんです？」

「よく考えろ。おれたちが大挙して追いかけたりしたら、あの山伏は、浩太朗の許に行くと思うか？」

「いいえ。でも、このままでは見失ってしまいますよ」

道雲も莫迦(ばか)ではない。わざわざ案内するような愚は犯さないはずだ。

「分かってる。だから歳三に、あとをつけさせているんだ」

――そういうことか。

土方が怪我の治療の為に、診療所に行くというのは嘘だったらしい。浮雲は、こうなることを見越して、敢(あ)えて土方を外に待機させておいたというわけだ。

土方なら、気付かれずに追うことができるだろう。

「ここで待っていれば、そのうち報せが届く」

浮雲は、その場にどかっと座り、瓢(ひさご)に直接口を付けて酒を呑んだ。

「そんなものは待っていられない。すぐに追うぞ」

焦れたように言い、今にも飛び出そうとしている田所を、浮雲が「待て」と制した。

「下手に追えば、お坊ちゃんは、死ぬことになるぜ」

忠告めいた浮雲の言葉に、田所が「何っ？」と目を剝く。

「追い詰められた輩は、何をしでかすか、分かったもんじゃない。慎重にことを運ばなければ、思わぬ結果を招くことになる」

「悠長なことを言っていて、浩太朗様が殺されたら、どう責任を取るつもりだ」

田所が声を荒らげる。

そうなる気持ちは、八十八にもよく分かる。ことは一刻を争う。

浩太朗が、自分で出たのではなく、意図的に連れ出されたのだとしたら、いつ何をされるか分かったものではない。

「殺すつもりなら、もうとっくにやってるさ」

浮雲が、軽い調子で返した。

「何だと？」

「浩太朗を殺すことが目的なら、こんな手の込んだことをする必要はない。影武者のときみたいに、殺してしまえば良かったんだ」

「それは……」

「しかも、女中のお鶴が共犯だったんだ。簡単に殺せただろうさ」

浮雲が墨で描かれた眼を、お鶴の骸に向けた。

言われてみると、確かにその通りだ。

殺したいなら、こんな回りくどいことをする必要はないし、その機会は幾らでもあったはずだ。

道雲が何を目論（もくろ）んでいるのかは分からないが、浩太朗を生きたまま連れ出す必要があったことは明らかだ。

「そうかもしれんが、たとえ殺されなかったとしても、浩太朗様に何かあってからでは遅い」

田所は、やはりじっとしていることができないらしく、部屋を出て行こうとする。

が、ちょうどそのとき、襖が開いた。

入って来たのは、剣術の稽古着を身に付けた、十二、三歳くらいの少年だった。

「宗次郎（そうじろう）――」

八十八は、驚きとともに声を上げた。

宗次郎は一見すると、快活な、どこにでもいる子どもだが、それは見せかけに過ぎない。

剣術が滅法強いのだ。子どもにしては――ということではない。たった一人で十人からなる盗賊の一団を、一網打尽にしてしまうほどの腕だ。

しかも、半分遊びながら――である。

「土方さんに言われて来た。案内するから、ついて来てよ」

宗次郎が、おどけた調子で言う。

「待て。お前は何者だ？　何をしに来た？　どうやってここに入った？」

田所が、いきなり現われた宗次郎に対して、警戒心を露わにしながら早口に問う。

武家の家に、見ず知らずの少年が、案内もなくひょっこり現われたのだ。田所が驚くのも無理はない。

「一遍に、色々言わないでよ。ぼくは、宗次郎。普通に正門から入ったよ」

宗次郎は臆することなく言う。

「正門？　嘘を吐くな。門番がいるはずだ」

「ああ。いたよ。何か、色々とうるさいから、軽く遊んでおいた」

宗次郎は、にっこり笑いながら、持っていた木刀をぶんぶんと振る。

——何ということだ。

おそらく宗次郎は、制止する門番を昏倒させて、ここに入って来たのだろう。無謀というか、何というか、型破りな子どもだ。

「なっ！　遊んでおいたとは、どういうことだ！」

田所は、かわいそうなくらいに困惑している。

「細かい事情は、あとでいいだろう。それより、こうして迎えも来たわけだし、お坊ちゃんのところに行った方がいいんじゃないのか？」

浮雲が促す。

田所は、まだ状況が呑み込めていないようだったが、浩太朗のことを案ずる気持ちの方が勝ったらしく、それ以上は何も言わなかった。

「宗次郎。案内しろ」

浮雲が促すと、宗次郎は「そのつもりだよ」と応じて、跳ねるようにして歩き出した。

田所と河上の二人がすぐそのあとに続く。

八十八は、呆気にとられて伊織と顔を見合わせた。

「行かないのですか？」

声をかけてきたのは、朱葉だった。

十

宗次郎の案内で、八十八たちが足を運んだのは、神田川（かんだがわ）沿いにある古い店だった。

今は、商いをしていないらしく、雨戸が全部閉め切ってある。入口の戸の脇には、「後来屋（こうらいや）」という看板がかかっていた。

「お待ちしておりました」

建物の脇にある柳の木の陰から、すっと土方が姿を現わした。

「本当に、こんなところに浩太朗様がいらっしゃるのか？」

田所が、突っかかるようにして問う。

「ええ。この中に、道雲も浩太朗様もいます」

土方が、小さく頷きながら言った。

「ここは何なんですか？」

八十八が問う。

「つい先日まで、骨董品の店をやっていたそうです」

「もしかして、浩太朗様の部屋にあった品々は……」

「お察しの通り、この店の品々です」

――やっぱり。

浩太朗は、骨董品を集めていた。そのことが、今回の憑依現象に関係している。

その浩太朗が、通っていた骨董品屋に連れて来られたということは、これまでのことが偶然ではなく、何者か――おそらく狩野遊山によって仕組まれたことを意味する。

「行くぞ」

田所が、河上に声をかけて中に入ろうとする。

だが、それを浮雲が制した。

「不用意に飛び込めば、お坊ちゃんが死ぬことになるぜ」

田所は、浮雲の言葉に「ぐっ」と唸る。

道雲は浩太朗を連れているのだ。下手に刺激すれば、逆上して殺してしまうかもしれない。

「では、どうしろと言うのだ？」

田所が浮雲を睨み付ける。

「燻り出すというのは、いかがでしょうか？」

話に割って入ったのは、朱葉だった。

「燻り出す？」

訊き返す田所に、朱葉は二寸ほどの大きさの玉を見せた。

花火の玉のように、導火線が付いている。

「面白い女だ」

浮雲が、朱葉の意図を察したらしく、ふっと笑った。

「お互い様ではありませんか？」

朱葉が、浮雲に笑みを返す。

八十八は、朱葉がこんな風に笑うのを初めて見たかもしれない。

この二人には、八十八などには分からない、深い部分で通じ合う何か――があるような気がした。

「では――」

朱葉は、呟くように言ったあと、火打ち石を取り出し、その導火線に火を点けると、玉をころころと床下に転がした。

――どうなるんだ？

八十八が考えている間に、もうもうと白い煙が湧き上がり、瞬く間に店を包んでしまった。

その煙は、八十八たちの方にも広がってきた。

少し吸い込んだだけだが、目に染み、ごほごほと何度も噎せ返った。

慌てて着物の袖で鼻と口を押さえ、建物から少し離れる。

しばらくして、店の中から、誰かが飛び出して来た。

道雲だった。

傍らに浩太朗を抱えている。

「き、貴様ら……」

呻くように言ったあと、道雲は幾度となく咳を繰り返した。

煙が相当に効いている。朱葉が、燻り出すと言ったのは、まさに言葉の通りだったというわけだ。

「お前も、これまでだ。大人しくしろ」

浮雲が、ずいっと歩み出る。

「まだだ。このお坊ちゃんが、どうなってもいいのか？」

道雲は、鎖鎌のようなものを持っていて、それを浩太朗の首筋に突きつけていた。

これでは、思うように動けない。

「莫迦な真似は止めろ。お前は逃げられれん」

浮雲が、墨の眼でじろりと道雲を睨む。

「…………」

「お前には、色々と訊きたいことがある。大人しく喋れば、命までは取らん」

浮雲が、ずいっと詰め寄ると、道雲が後退る。

迷っているようだ。この状況では、人質を取っているといっても、逃げおおせるはずがないことは、道雲も分かっている。

だが、だからといって、浮雲を素直に信じて捕らえられることにも抵抗がある。

「ふざけんな！　お前らの言うことなんざ、信じられねぇよ！」

道雲が叫んだ。

目つきがさっきまでとは違う。どうあっても、逃げるという判断をしたようだ。こうなると厄介だ。

勢いで、浩太朗を殺してしまうなんてことも、充分にあり得る。

浮雲も土方も、それを分かっているらしく、必要以上に距離を詰めるようなことはしなかった。

——どうするんだ？

そう思った矢先、道雲の背後、煙の中から、ぬうっと人の影が現われた。

道雲より大きな影——。

その影は、道雲の着物の襟をむんずと摑むと、浩太朗から引き離し、そのまま放り投げてしまった。

投げ飛ばされた道雲は、地面をごろごろと転がる。

そこにいた影の正体は——近藤勇だった。

道雲に代わり、ぐったりとした浩太朗を脇に抱え、まるで仁王像のようにそこに立っている。

——なぜ近藤さんがここに？

思いはしたが、その答えはすぐに出た。おそらく、浮雲か土方が、こういう事態を予想して呼んでおいたのだろう。

本当に抜け目がない。

「これでお前の勝ち目はなくなったぞ」

浮雲が倒れている道雲に冷淡に告げる。

道雲は、ゆらゆらと鎖鎌を持ったまま立ち上がった。

「お前は誰に頼まれてこんなことをした？　正直に言え」

浮雲が問う。

道雲は、俯いてぎゅっと鎖鎌を握り締めた。

「そう簡単に喋るほど落ちぶれちゃいねぇよ」

道雲は、鎌を左手に構え、右手を頭上に掲げ、分銅の付いた鎖を回し始めた。

ぶんぶんっと風を切る音がする。

「なかなか厄介な得物を使いますね」

土方が、苦い顔をした。

説明されるまでもなく、素人の八十八にも、その危険さが分かった。

振り回して、勢いのついた分銅をまともに食らったら、骨が粉々に砕けてしまうだろうし、鎖が巻き付けば身動きが取れなくなる。

下手に近付くことはできない。

仮に、懐に飛び込むことができたとしても、今度は鎌が待っている。

ぶんぶんぶんっ——。

分銅の回転がどんどん速くなっていく。

「無駄なことは止せ」

浮雲が、ずいっと前に歩み出る。

が、しかし、素直に応じるような道雲ではなかった。

「黙れ！」

叫ぶのと同時に、鎖に繋(つな)がった分銅が、浮雲に襲いかかって来た。

浮雲は、金剛杖を使ってその攻撃を防ぐ。だが、鎖が金剛杖にぐるぐると巻き付いてしまった。

「まずは、お前から片付けてやる」

道雲が鎌を構えつつ、鎖をぐっと引っ張る。

浮雲は、何とか持ち堪(こた)えているが、少しでも力を緩めれば、鎌で首をかかれることになるだろう。

「無駄な足掻(あが)きは止めろ」

「こうなったら、他に手はねぇんだよ！」

道雲は、一気に浮雲との距離を詰めて来た。

勝負を焦ったようだ。

浮雲が素早く動こうとしたが、それより先に、道雲の両腕が文字通り宙を舞い、ぼたりと地面に落ちた。

河上が、目にも留まらぬ早業で、道雲の両腕を斬り落としてしまったのだ。

「ぎゃぁ！」

血が噴き出る自らの両腕を見て、道雲が絶叫する。

「止せ！　殺すな！」

浮雲が叫んだ。

だが、それより先に、河上は道雲の首を刎ねた。

ごろんと道雲の頭が地面に転がり、首の切断面から、びゅっと血が噴き出した。

首を失った胴体は、しばらくその場に立ち尽くしていたが、やがて、どさっと倒れ込んだ。

八十八は、その光景をただ呆然として見つめるより他なかった——。

能面の理

UKIKUMO
SHINREI-KITAN
JUJUTSUSHI NO UTAGE

一

「どうするつもりですか？」

八十八(やそはち)は、腕を枕にして、ごろんと横になっている浮雲(うきくも)に訊(たず)ねた。

浮雲が根城にしている神社の社(やしろ)の中である。

「どうもこうもあるか。おれは、降りるぜ」

浮雲は、気怠(けだる)げに答えると、横になったまま、器用に瓢(ひさご)の酒を盃(さかずき)に注(つ)ぎ、ぐいっと呑(の)んだ。

昼間から、こうやって酒を呑むなど、自堕落にも程がある。

「しかし……このままというわけには……」

「知らん。これ以上、かかわっていられるか。阿呆(あほ)らしい。お前も死にたくないなら、これ以上首を突っ込むな」

浮雲がふんっと鼻を鳴らしながら言う。

正直、浮雲がへそを曲げる気持ちは、分からないでもない。

堀口(ほりぐち)家の心霊事件にかかわってからというもの、ろくなことが起きていない。既に四人もの人間が死んでいるのだ。

このままいけば、それこそ命を落とすことになりかねない。だが――。

「浮雲さんは、それでいいのですか？」

八十八が問う。

「いいに決まってるだろう。そんなに文句を言うなら、お前が解決してくれればいいだろうが」

浮雲が吐き捨てるように言った。

――それは無理だ。

八十八は、憑(つ)きもの落としではない。絵師を志す、呉服屋の倅(せがれ)に過ぎない。浮雲のように、幽霊が見えるのなら別だが、そうした能力もない。

仮に見えたとしても、筋道を立てて事件を解決する頭がない。

「ご免下さい――」

社の外で声がした。

振り返ってみると、格子戸の向こうに、誰かが立っているのが見えた。声の感じからして、おそらくは、若い女だ。

浮雲は、身体を起こすどころか、返事をすることさえしなかった。

「ご免下さい」

再び声がした。どうも、聞き覚えがある気がする。

「誰か来たみたいですよ」

八十八は、声をかけてみたが、浮雲は興味無さそうにあくびをするばかりだ。

どうしたものかと考えているうちに、格子戸が開かれた。

姿を現わしたのは、巫女の朱葉だった。

「やっぱり、あんたか――」

浮雲がため息混じりに言う。どうやら、浮雲は最初から、訪ねて来たのが朱葉だと気付いていたようだ。

それが証拠に、いつの間にか、墨で眼が描かれた赤い布を巻き、その双眸を隠していた。

「失礼致します」

朱葉は、丁寧に頭を下げてから社の中に入って来た。

八十八も会釈しつつ、浮雲の側に移動して場所を空ける。朱葉は「ありがとうございます」と微かに笑みを浮かべてから腰を下ろした。

「で、何の用だ？」

浮雲は、横になったまま朱葉に問う。

朱葉は浮雲の無礼な態度に、腹を立てるでもなく、小さく頷いてから話を始めた。

「実は、本日はお願いがあって参りました」

「お願い？」

浮雲が、顔をしかめる。

「はい。堀口家の浩太朗様が、どんな状態かは、ご存じのことかと思います」

「ああ」

浮雲が応じる。

色々とあったが、昨日までの段階で、浩太朗には幽霊が憑依していることが分かっている。

「何とかして、憑きものを落とそうと思っておりますが、何せその数が数です。私一人では、どうにもなりません」

朱葉の言う通り、浩太朗にとり憑いている幽霊は、一体ではなく、複数いるということだった。

「そりゃ大変だな」

浮雲は、あくまで他人事だという風に口にする。

「ええ。そこで、お願いに参った次第です」

「御託はいい。さっさとそのお願いとやらを言え」

「先ほども申し上げましたが、あれほどたくさんの幽霊が憑依しているとなると、私一人では、正直手に負えません。しかしながら、あなた様が一緒であれば、どうにかなるのではないかと」

「つまり手を貸せ——と？」

浮雲の問いに、朱葉がこくりと頷いたあとに、「どうか、お願いします」と、床に手を突いて頭を下げた。

「嫌だね」

浮雲は、考える素振りも見せずに言い放った。

「せっかく、こうして足を運んで、頭を下げているんです。少しくらい、考えてもいいではないですか」

八十八は、堪(たま)らず口にした。

こんな風に、即座に断られてしまったのでは、いくら何でも朱葉がかわいそうだ。

「考えたところで、答えは変わらねぇよ」

浮雲は、さらりと言ってのけると、大あくびをした。

「それでは、朱葉さんがあまりに気の毒です。少し手を貸すくらい、いいじゃないですか」

八十八が言い募ると、浮雲は呆れたように笑みを漏らした。

「だから、お前は阿呆だと言うんだ」

「どうしてですか？」

「今度の事件では、もう四人も死んでいるんだ。その少しが、命取りになる」

墨で描かれた眼が、八十八を睨み付ける。

八十八は、思わず息を呑んだ。墨の眼が怖かったというのもあるが、浮雲の言葉をきっかけに、此度の事件で命を落とした者たちの顔が頭に浮かんだ。

まだ、除霊も始まっていない段階で、四人もの人間が死んだのだ。浮雲が二の足を踏むのも頷ける。

「それは承知しています――」

長い沈黙を打ち破るように言ったのは、朱葉だった。

感情の読み取れない、灰色の目が、真っ直ぐに浮雲を見据えている。

「分かっているんだったら、あんたも手を引け。これ以上かかわると、次に死ぬのは、あんたかもしれねぇぞ」

浮雲は、口許に薄らと笑みを浮かべ、予言めいたことを言う。

が、その程度の脅しで動じる朱葉ではなかった。

「そうかもしれませんね。しかし、よく考えてみて下さい。手を引いたからと言って、逃れられると思いますか？」

朱葉の問い掛けに、浮雲がむくりと身体を起こし、片膝を立てて座り直す。

「どういうことだ？」

浮雲が訊き返すと、今度は朱葉が笑みを返した。

自然に出たものではなく、作られた表情であることは明らかだった。

「言葉のままです。どうも引っかかると思いませんか？」

「何が言いたい？」

「あなた様も分かっているはずです。此度の一件には、何か大きな力が働いています――」

浮雲は何も答えなかった。

だが、その心中は言葉にしなくても分かる。浮雲も、朱葉と同じように、事件の裏に蠢（うごめ）く何か――を感じているはずだ。

しばらく間を置き、朱葉が話を続ける。

「今回、堀口家に集められた憑きもの落としたち。私には、それが単なる偶然とは思えないのです」

「意図的に集められた――そう言いたいのか？」

浮雲が問うと、朱葉が顎を引いて頷いた。

「私は、そう考えています。私も、そしてあなた様も、何かしらの意図があって、あの場に集められたのではないかと――」

「だとしたら、余計に手を引くべきだろうが」

「そう簡単にいきますか?」

朱葉が、すうっと目を細めた。

たったそれだけなのに、凄みが増したような気がした。

「何?」

「もし、私たちが、何者かの意図によって集められたのだとしたら、手を引くくらいでは、逃げられないと申し上げているんです。おそらく、それも計算のうちかと――」

「………」

「そうなったとき、死ぬのは、いったい誰になるのでしょう? 私かもしれませんし、あなた様かもしれません。或いは――」

朱葉が、視線を八十八に向けた。

相変わらず、感情は読み取れない。しかし、八十八の身体は、金縛りにあったかのように硬直した。

まるで、次に死ぬのは八十八だと言われているようだ。

「もはや脅しだな」

浮雲が、苦笑いとともに言った。

「そんなつもりはありません。ただ、生き残る為には、事件の謎を解き明かすしかないのではないでしょうか？」

朱葉の言葉に、浮雲は返事をしなかった。

黙ったまま、浮雲を見据えていた朱葉だったが、やがて諦めたように首を振って立ち上がった。

「堀口家でお待ちしております。気が変わったら、いらして下さい」

朱葉は、そう言い残すと社を出て行った――。

それと入れ替わるように、黒猫が社の中に入って来て、なぁーと鳴いた。

二

――浮雲は、どうするつもりなのだろう？

八十八は気になっていたが、問い掛けることができないでいた。

此度の事件は、これまでのものとは、明らかに質が違う。朱葉の話を聞いて、そのことを改めて思い知らされた。

最初は、心霊事件を解決すべきだと思っていたが、今は違う。

朱葉の言うように、何者かの意図が介在しているのだとしたら、大人しく手を引くべきなのかもしれない。

八十八が考えを巡らせているうちに、再び格子戸が開いた——。

朱葉が戻って来たのかと思ったが、そうではなかった。

社の中に入って来たのは、艶やかに着飾り、妖艶さを湛える美女——玉藻だった。

詳しいことは知らないが、浮雲と玉藻は旧知の仲らしい。そうした縁もあって、これまで幾度となく事件解決に協力してくれた女だ。

その美しさと身形からして、かなり位の高い遊女のようだが、実際のところどうなのかは分からない。

そもそも、そんな遊女が、こうやって外を気ままに出歩けるものではない。そこに、いったいどんな事情があるのか、興味はあるが、訊いてはいけない雰囲気が漂っている。

「あら。八十八さんもいたのね——」

玉藻は、何とも妖しげな笑みを浮かべると、浮雲の向かいに座りながら、そっと八十八の頬を撫でた。

つつっと頬を伝う指先の感触に、ぞくぞくっと身体が震える。

それが、どういう心持ちからくるものなのか、八十八には分からなかったし、知ってはいけない気がした。

「どうも」

八十八は、硬い笑みを浮かべながら会釈で返す。

「何しに来やがった」

浮雲は、両眼を覆っていた赤い布を外しながら、ぶっきらぼうに問う。

「ずいぶんな言い方ね。せっかく、面白い話を聞いたから、耳に入れてあげようと思ったのに――」

玉藻が、流し目で浮雲を見る。

その視線から醸し出されるものは、酷く淫靡なものであるように思えた。

「お断りだ。どうせ、また厄介な事件に、おれを巻き込もうっていう腹だろうが」

浮雲は、突き放すように言いながら、瓢の酒を盃に注ぐ。

「あら。厄介な事件なら、もう巻き込まれているでしょ。堀口家だったかしら」

口許に盃を運ぼうとしていた浮雲の手が、ぴたりと止まった。

「耳が早いな」

「色街では、みな口が軽くなるのよ」

玉藻が、綺麗な仕草で口許に手を当てながら言う。

「そういうものなのですか？」

八十八は、思わず訊き返した。どうして、色街に行くと口が軽くなるのか、いまひとつぴんとこない。八十八は色街に行ったことがない。

「ええ。そういうものよ。色街で遊ぶ男たちはみな、日頃の鬱憤を吐き出しに来るものなのよ。全てを曝け出して、存分に楽しもうとする。だから、ついつい余計なことまで喋ってしまうのよ」

やはり、よく分からず「はあ」と気のない返事をする。

「分からないなら、私が八十八さんに教えてあげてもいいわよ。きっと世の中を見る目が変わるわ」

玉藻が、八十八の手を取った。

その柔らかな感触に、かっと顔が熱くなる。

「八をからかうんじゃねぇよ」

浮雲が、呆れたように口を挟んだ。

「別にからかってないわ。私は、本気よ――」

紅を塗った口から漏れる言葉が、何とも甘ったるく聞こえた。真っ直ぐに向けられた黒い瞳に、吸い込まれてしまいそうになる。

「そんなことより、話ってのは何だ？」

浮雲が硬い口調で言うと、玉藻は八十八から手を離し、「また、今度ゆっくりお話ししましょう」と耳許で囁（ささや）いてから、居住まいを正して浮雲に目を向けた。

「妙な噂（うわさ）を耳にしたの――」

玉藻の切れ長の目から妖艶さが消え、鋭い光が宿る。が、その表情もまた美しかった。

「妙な噂？」

浮雲が訊き返すと、玉藻が頷く。

「このところ、幕府を倒してしまおうという動きがあるのは、知っているわよね」

その話なら八十八も聞いたことがある。

徳川幕府を武力で倒そうという、過激な動きが活発になっている。

「ああ」

「特に、薩摩（さつま）や長州（ちょうしゅう）で、そうした動きが盛んなようね。まあ、徳川の世になったことで、冷遇されていた不満が、今になって燻（くすぶ）り始めたってところだけど」

「おいおい。政（まつりごと）の話なら他でしてくれ。おれには、興味のねぇことだ」

浮雲が、玉藻を追い返すように手を払った。

「それ、本気で言っているの？　どんなに嫌がろうと、あなたは政からは逃れられないのよ。そういう出自なんだから――」

玉藻の言葉に、浮雲の表情が曇った。

今のは、いったいどういう意味だろう？　どうして、憑きもの落としである浮雲が、政にかかわらなければならないのか？

問い質そうとしたが、とてもそんな雰囲気ではなかった。

「今さら、おれの出自を気にする奴なんかいねぇよ」

「あら。近くにいるじゃない。狩野遊山とか――」

唐突に飛び出した名前に、八十八は肝を冷やす。

呪術師の狩野遊山とは、これまで幾度となく顔を合わせ、その恐ろしさは身に染みている。

此度の堀口家の一件でも、狩野遊山は八十八の前に姿を現わした。

浮雲と土方に救われたから良かったものの、そうでなければ八十八は今頃、骸となっていたかもしれない。

「あの野郎の名を出すんじゃねぇ」

浮雲が、低く唸るように言った。

はっきりと説明されたわけではないが、浮雲と狩野遊山の間には、並々ならぬ因縁があるらしい。それは、今の浮雲の言い様にも現われている。

「残念ながら、そうもいかないのよ」

玉藻の声に力が籠もる。

「回りくどい女だ。言いたいことがあるなら、さっさと言え」

浮雲は焦れたように、ぼさぼさの頭を、がりがりとかき回した。

玉藻は、そんな浮雲の姿を楽しむように、たっぷりと間を置いてから話を続ける。

「どうも、薩摩の連中が、幕府の弱体化を狙い、一人の男を雇って江戸に送り込んだらしいの」

「大方、剣客を雇って要人を暗殺しようって腹だろ。浅はかだな」

浮雲が苦い顔で言った。

剣客と聞き、八十八の頭に、堀口家が雇ったという河上の顔が浮かんだ。

小柄で温厚そうな顔つきの男だったが、それは見てくれだけで、剣の腕は凄まじく、目にも留まらぬ速さで人の首を刎ねたのを、八十八は目の当たりにしている。

河上のような腕の立つ剣客を雇い、要人を暗殺するというのは、きな臭いこの時世においても、いかにもあり得る。

「剣客を雇ったくらいなら、わざわざ話を持って来たりしないわ」

玉藻は小さく首を左右に振った。

「剣客でないなら、誰を雇ったんです？」

八十八は、思わず口を挟んだ。

幕府の弱体化を狙っているとして、剣客以外に、どういった人物を雇ったのか、八十八には見当がつかない。

「呪術師よ――」

玉藻の放った言葉に、「え？」となった。

八十八は、大いに驚いたが、浮雲はその答えを察していたらしく、「やはり、そうか……」と呟いた。

「ど、どうして呪術師なんですか？」

八十八は、ずいっと身を乗り出すようにして問う。

「なぜかしらね。それは、私にも分からないわ。ただ――」

「ただ――何です？」

「堀口家の一件と、つながりがあるような気がしてならないのよ。あなたも、そう思うでしょ？」

玉藻が、改めて浮雲に視線を向けた。

浮雲は鼻筋に皺を寄せ、嫌そうな顔をする。

「何であるにせよ、おれにはかかわりのねぇことだ」

「それはどうかしら。あの男――狩野遊山がかかわっている以上、逃げられないわよ。あなたも、それは分かっているでしょ」

玉藻に言われて、浮雲は腕組みをして押し黙った。

重苦しい沈黙の中、八十八は、ただ浮雲の顔を黙って見つめることしかできなかった。

やがて——。

「逃れられねぇ因果ってわけだ。嫌だねぇ」

浮雲が独り言のように口にした。

因果とは、いったい何なのか——訊ねようとした八十八だったが、それを遮るように格子戸が開き、一人の男が入って来た。

土方歳三(としぞう)だった——。

「何だ。お前まで来たのか」

浮雲が、うんざりだという風に、苦笑いを浮かべる。

「そう邪険にしないで下さい。面白い話を持って来たのですから」

土方は、薄い笑みを浮かべながら言うと、浮雲の前に座った。

「お前の面白いは、おれにとっては、ろくでもねぇ——だ」

浮雲は、これみよがしにため息を吐(つ)く。

「これを見ても、ろくでもないと言えますか?」

土方は、そう言うと細長い木箱を、すっと浮雲の前に滑らせた。

怪訝(けげん)そうな顔で木箱を見ていた浮雲だったが、やがて箱にかかっている紐(ひも)を解(ほど)き、蓋(ふた)

を開けた。

中には、巻かれた状態の掛け軸が入っていた。

浮雲はそれを取り出し、床の上に転がすようにして広げる。

掛け軸には、一枚の絵が表装されていた。

不気味な絵だった――。

山伏(やまぶし)の恰好(かっこう)をした、体格のいい男が仁王立ちしている。

それだけなら、さして気味が悪いとはいえない。だが、その絵に描かれた山伏は、首から上が無くなっていた。

描かなかったのではない。

切断された首が、山伏の足許に転がっていた。

この絵は――まさに昨日の一件の再現だ。

いったい誰が、こんな不気味な絵を描いたのだろう？　落款(らっかん)を確認してみたが、ちょうどその部分が破れていた。

堀口家にあった絵も、こんな風に落款の部分が破れていた。

偶然に破れたのではなく、何者かが意図的に破ったと考えた方がいいかもしれない。

「これをどこで？」

浮雲が、赤い双眸で土方を睨みながら問う。

「道雲と名乗った山伏がいた骨董品屋を調べてみたら、この絵が出てきたというわけです」

土方が、淡々と告げる。

「やはりあの男か……」

浮雲が、尖った顎に手をやりながら呟く。

あの男とは、狩野遊山で間違いないだろう。やはり、狩野遊山が暗躍しているのだろうか？　もしそうだとしたら、玉藻が言ったように逃げたくても、逃げられない。

「実は、見つかった絵はこれだけではないのです」

土方が、声を低くしながら言った。

その目には、冷徹な光が宿っているような気がする。

「どういうことだ？」

浮雲が問うと、土方はもう一つ木箱を取り出し、さっきと同じように床を滑らせるようにして浮雲の前に置いた。

浮雲は、わずかに躊躇う素振りを見せたものの、結局、箱にかかった紐を解いて蓋を開けると、中の掛け軸を取り出した。

何だか嫌な予感がして、八十八はごくりと喉を鳴らして唾を呑み込んだ。

浮雲が、ゆっくりと床の上に絵を広げる。

そこに描かれていた絵を見て、八十八は言葉を失った。

みるみる血の気(け)が引き、その場に倒れてしまいそうになる。額に冷たい汗が浮かび、息をするのも苦しいほどだった。

絵には、二人の男が描かれていた。

白い着物を着た男が、刀でもう一人の男の胸を貫いている。そして、胸から大量に血を流している男は、手に筆を握っていた——。

「こ、これは……」

八十八は、目眩(めまい)を覚えながらも口にする。

おそらくこの絵に描かれているのは、浮雲と八十八だ。

単なる絵であれば、ここまで動揺することはない。だが、これが狩野遊山の描いた絵だと考えると別だ。

狩野遊山は、呪(のろ)いをかけるとき、これからのことをそれとなく示す絵を残す。首を切断された山伏の絵がまさにそれだ。あれは、昨日の道雲の顚末(てんまつ)そのままだ。

この絵から察するに、次に殺されるのは八十八——ということになる。

しかも、浮雲に殺されるのだ。

「如何(いかが)致します?」

土方が、笑みを浮かべながら言った。

表情は確かに笑っている。だが、八十八には、それが恐ろしいものに見えた。

「どうもこうもねぇ。やるしかねぇってことだろ――」

浮雲はそう言いながら、すうっと立ち上がった。

三

「おいで下さると思っていました――」

浮雲、土方と一緒に、堀口家に向かう道すがらで声をかけられた。

見ると、そこには朱葉の姿があった。

最初から、浮雲が来ると分かっていたかのような口ぶりだ。いや、事実、分かっていたような気がする。

だから、こうして通り道で待ち構えていたのだ。

「まだ手伝うと決めたわけじゃない」

浮雲が念押しするように言った。

「それで構いません」

朱葉が答える。

「一つ、訊いておきたいことがある」

「何です？」

「どうして、おれに助力させようと思った？」

浮雲の問いに、朱葉は僅(わず)かに目を細めた。

「あなた様は、見えているのでしょう？」

「生憎(あいにく)、おれは盲目でね」

浮雲が、両眼を覆う赤い布に手を当てると、朱葉はふっと息を漏らして笑った。

「まだ、そのようなことを仰(おっしゃ)るのですか？　あなた様は、見えているはずです」

「どうしてそう思う？」

「これまでのあなた様の発言は、見えていなければできないことです。盲目のふりをするなら、もう少し言葉に気を付けた方がよろしいですよ」

朱葉の言い様に、浮雲は苦笑いを浮かべる。

まさに、その通りかもしれない。浮雲の発言を思い返してみると、盲目では出てこないものが幾つも含まれている。

だが、それを瞬時に見抜く朱葉の力は、さすがという他ない。

「おれが訊きたいのは、そういうことじゃない」

浮雲が、首を左右に振った。

「では、どのようなことです？」

「おれは、あんたの言う通り、見えているかもしれない。だが、だからと言って、幽霊が祓えるとは限らない」

「あなた様の腕前は、充分に見せてもらっています」

「まだ、幽霊を祓ってはいない」

「確かに、幽霊を祓ってはいません。しかし、これまでの経緯を見ていれば、あなた様が、いかほどの技量を持っているかは自ずと分かります」

　朱葉が自信たっぷりに言う。

「買いかぶりだ」

「ご謙遜を――」

「仮に、おれが幽霊を祓えるとしても、お前の味方とは限らんぞ」

　浮雲が、墨の眼で朱葉を射貫く。

　これは逆もまた然りだ。朱葉が、味方とは限らない。浮雲は、暗にそう言っているのだ。

　が、朱葉は表情一つ変えなかった。

「つまり、あなた様が此度の事件を陰で操る何者か――であるかもしれないと？」

「そうかもしれないし、そうでないかもしれない」

　浮雲は脅したつもりなのかもしれないが、朱葉は怯えるどころか、笑ってみせた。

「あなた様は、面白い方です。そういうあなた様だからこそ、私は助力をお願いしているのです」

「答えになっていない」

「そうですね。ならば、本当のことを言います。此度の事件、裏で糸を引くのが何者であるのか、既に察しはついています」

朱葉が顔からすっと表情を消しながら言った。

「誰だ？」

「答えるまでもなく、あなた様も分かっているはずです」

浮雲は返事をすることなく、苦い顔をする。

口に出さずとも、八十八にも、それが誰なのか容易に想像がついた。狩野遊山だ――。

「あの男は、とても危険です。私一人では、手に負えません。ですから、あなた様を呼んだのです」

朱葉は、そう締め括(くく)った。

今の言い様からして、朱葉が狩野遊山を知っているのは明らかだ。それだけでなく、何かしらの因縁があるように思える。

しばらく黙っていた浮雲だったが、やがて「分かったよ」と力なく口にした。

朱葉は、満足そうに頷くと「では、参りましょう――」と歩き出した。

八十八は、朱葉のあとに続いて歩き出そうとしたが、浮雲と土方がついて来ない。二人は、何やら小声でやり取りしている。

「どうしたのですか？」

八十八が問い掛けると、浮雲がこちらに向かって歩いて来た。だが、土方は踵を返して反対方向に行ってしまった。

「土方さんに、何を言ったのです？」

「色々だ」

浮雲は、はぐらかしたが、何となく見当はつく。

これまでも、土方が別行動をして、何かを調べるということはよくあった。おそらくは、狩野遊山の動きを調べさせようということなのだろう。

「私の方からも、一つお伺いしてもよろしいですか？」

歩みを進めながら、朱葉が訊ねてきた。

「何だ？」

浮雲が、ぶっきらぼうに応じる。

「あなた様も、狩野遊山と何かしらの因縁があるようですが、それは、どういうものですか？」

それは、八十八も聞きたい。

これまで幾度となく、その質問をぶつけてきたが、いつも躱されてばかりで、もやもやとしていた。

「因縁なんてないさ。奴が一方的に、おれに付きまとっているだけだ」

答えを得ることができるかもしれない——とわずかでも期待した自分が莫迦だった。

浮雲が、そう簡単に過去を語るはずがないのだ。

「おれからも、もう一つ訊きたいことがある」

浮雲が、咳払いをしてから、改まった口調で言った。

「何です？」

「あんたは、何で渡り巫女をやっている？」

浮雲の声が、八十八の心を大きく揺さぶった。

渡り巫女は、単に除霊だけを生業としているわけではない。舞を舞い、酒席をともにし、時には、依頼人の床の相手をする。

いわゆる娼妓としての役割も持っている。

帰る場所もなく、たった一人で、彷徨うように各地を転々とする暮らしというのは、八十八などが想像できない、熾烈なものであるに違いない。

どうして朱葉は、そのような道を歩まなければならなかったのか？

気になったのは事実だが、安易に踏み込んではならない領域であるようにも思えた。

「この目のせいです」

朱葉が、わずかに振り返った。

灰色の瞳が、とても哀しげに見えた。

「どういうことだ？」

浮雲が訊き返す。

「私の目は、生まれつきこういう色をしていました。母に夫はなく、私の父親が誰なのか、最後まで分かりませんでした」

朱葉は、そこまで言ったところで一息吐き、ふと空を見上げた。

澄み渡った空を見て、今、朱葉は何を思うのだろう？　考えたところで、八十八に分かるはずもない。

「狭い農村でしたから、私はいるだけでずいぶんと疎まれました。鬼の子などと言われ、母と一緒に村を追われたのです」

「そんな……。あんまりです」

八十八は、思わず声を上げた。

目の色が違う——たったそれだけのことで、村を追い出すなど、とても正気とは思えない。

が、同時に分かってもいた。人は、自分とは異なる者に対して、どこまでも残酷になれるものだ。

狭い農村であったのなら、尚のことだ。

朱葉は、「八十八さんは、お優しいんですね――」と呟いたあとに、改めて話を続けた。

「村を出てからすぐに、母は病に倒れ、帰らぬ人となりました。私は、路頭に迷い、盗みなどを働きながら、その日暮らしをしていました……」

「………」

八十八は、呆然とその話を聞くしかなかった。

正直、これまで食べるものに困ったことなど、一度もなかった。盗みは悪いことだ。しかし、そうしなければ生きていけない。

朱葉の過酷な生活を思うと、安穏と暮らしてきた自分自身に腹が立つ。

「そんなときに、渡り巫女に出会ったんです。その方に、私は除霊の方法だけでなく、生きる術を学びました。何より、この目の意味を知ったのです――」

「目の意味？」

浮雲が訊き返す。

「はい。私のこの目は、特殊な色をしています。ただ、それだけでなく、死者の魂――つまり幽霊が見えるのです」

朱葉の言葉に、八十八は大きな衝撃を覚えたが、浮雲は平然としたままだった。

無理に何食わぬ顔をしているのか、本当に何も感じていないのか——八十八には、分からなかった。

四

堀口家に到着した八十八たちは、女中の案内で屋敷の奥にある部屋に通された——。

座敷牢があるあの部屋だ。

中に入ると、家臣の田所と、護衛の為に雇われた剣客、河上の姿があった。

奥にある座敷牢だが、昨日の一件で破壊された格子戸は、既に新しいものに取り替えられていて、中には浩太朗が横になっていた。

眠っているらしく、今は微動だにしない。

そして、今日はもう一人、別の男の姿があった。その身形からして、おそらくは、堀口家の当主、義太郎だ。

「これだけの人間が、雁首を揃えて、まだ終わらんのか？」

義太郎が、その場にいる全員を睨め付けるようにして言った。

「急に出てきて、ずいぶんと偉そうだな」

応じたのは浮雲だった。

武家の当主に向かって、そのような言い様をしたのでは、あとで何をされるか分かったものではない。

「何？」

案の定、義太郎がぎろりと目を剝き、怒りを露わにした。

「文句があるなら、今すぐ見捨ててもいいんだぞ」

浮雲は、墨で描かれた眼で、義太郎を睨み返す。

「貴様……」

「息子を助けたいなら、ごちゃごちゃ言わずに、黙って見ていろ」

浮雲が突き放すように言う。

怒りに顔を赤くしていた義太郎だったが、結局、それを呑み込んでその場に座った。

本当にひやひやした。退き下がってくれたから良かったようなものの、そうでなければ、大変な騒ぎになっていた。

だが、当の浮雲は何食わぬ顔だ。

「当主も、心を痛めておられる。早々に、浩太朗様に憑依した霊を祓って頂きたい――」

そう言った田所の顔には、疲労の色が窺えた。

浩太朗が幽霊に憑依されただけでなく、命を狙う者が現われたり、拉致されたりする始末だ。おまけに、さっきのいがみ合い。

　家臣である田所の心労は、相当なものなのだろう。

「承知致しました」

　朱葉は、丁寧に頭を下げたあと、浮雲に目を向けた。

　それを受けた浮雲は、小さく顎を引いたあと、壁に寄りかかるようにして、片膝を立てた姿勢で座った。

　まずは、朱葉に委ねるといったところだろう。

　朱葉は座敷牢の格子戸の前に姿勢を正して座ると、荷解きをして準備を始めた。

　八十八は、邪魔にならないように、浮雲の脇に腰を下ろす。

「何が始まるのですか?」

　八十八は、小声で浮雲に訊ねる。

「さあな。まずはお手並み拝見だ——」

　浮雲は、瓢の酒を盃に注ぐと、それをぐいっと一気に呑み干した。

　不遜な態度を田所に咎められるのではないかと、ひやひやしたが、気付かれることはなかった。

「では——」

　支度が調ったらしく、朱葉が顔を上げた。

場の空気が張り詰める。朱葉は、一同をゆっくりと見回し、間を置いてから口を開いた。

「浩太朗様の部屋にあった、骨董品の類いを、この部屋に全て持って来て頂けますでしょうか？」

朱葉の申し出に、田所が困惑の表情を浮かべる。

「いったい、何をしようと言うのです？」

「見ていれば分かります」

朱葉がぴしゃりと言うと、田所は「分かりました」と部屋を出て行った。

これから、何が始まろうとしているのだろう？　八十八も、田所と同じように、朱葉の意図が見えない。

だが、浮雲は違った——。

「なるほど。それは、効率がいい」

顎に手を当てながら呟く。

「何をするつもりなのか、分かっているんですか？」

八十八が訊ねると、浮雲はにっと笑みを浮かべた。

「そう慌てるな。見ていれば分かるさ」

「し、しかし……」

「あの女、腕は確かなようだな」

浮雲は満足そうに言うと、再び盃の酒を呑んだ。

こんな風に、浮雲が誰かのことを認めるというのは、珍しいことだ。

俄然、朱葉が何をしようとしているのか、興味が湧いたが、浮雲に問い質したところで、答えは返ってこないだろう。

黙って待つしかなさそうだ。

しばらくして、部屋の襖が開き、家臣や女中たちが、浩太朗の部屋にあった骨董品の類いを、次々と部屋の中に運び込んでくる。

気付けば、部屋の中は、骨董品が所狭しと並べられ、足の踏み場もない状態になっていた。

今さらながら、よくこれだけ集めたものだと感心してしまう。

「これで、よろしいのですか？」

家臣と女中が部屋を去ったあと、田所が朱葉に問う。

「ええ。結構です」

朱葉は、満足そうに頷くと、自分の前に香炉を置いた。

火打ち石を使い、香炉に火を点けると、次に小箱を取り出す。

蓋を開けると、中には沢山の蝶が入っていた。黒く干涸らびているので、実際は蛾だったかもしれない。

朱葉は、その蝶らしき物を摘まみあげると、祝詞を口にしながら、香炉の中にくべていく。

もわっと白い煙が立ち上る。

田所が、ごほごほと噎せながら、目に涙を浮かべる。

「この煙は、除霊の為に必要なものです。しばらく我慢して下さい」

朱葉は、そう告げながら、次々と蝶をくべていく。

白い煙は、次第に勢いを増し、八十八の方にも流れてくる。甘く芳醇な香りがするが、目に染みた。

「煙で幽霊が祓えるのですか？」

八十八は、煙から顔を背けるようにしながら、小声で浮雲に訊ねた。

「やり方は人それぞれだ。ただ古来、煙を使って、幽霊の所在を明らかにするという手法があるのは事実だ」

「そうなんですか」

「ただ、あの巫女にとって、煙は己の集中力を高める為のものだろうな」

「どういうことです？」

「重要なのは、煙ではなく祝詞の方だ――」

　白く霞んだ部屋の中に、朱葉の祝詞が響いている。

　この祝詞に、どんな意味があるのか——耳をすましてみたが、独特の節回しのせいか、ほとんど聞き取ることができなかった。

　部屋に煙が籠もっていて、何だか頭がくらくらしてきた。

　八十八は、汗の滲んだ拳をぎゅっと握り、固唾を呑んで事態を見守った。

　さっきまで、座敷牢の中でぐったりしていた浩太朗が、唐突に立ち上がり、「あぁぁ」と唸り声を上げる。

　額に汗を浮かべ、何だか苦しそうだ。

「浩太朗様——」

「近付いてはいけません！」

　座敷牢に近寄ろうとする田所を、朱葉が制した。

　田所は、動きを止めたものの、このまま退き下がっていいものか逡巡しているようだった。

「今、近付けば、状況が悪化するだけです」

　朱葉がそう続ける。

　田所はぎりっと歯軋りしつつも、静観することを決めたらしく、その場に座り直した。

浩太朗は、座敷牢の格子にしがみつき、外に出ようと暴れ出す。

それでも朱葉の祝詞が続く。

本当に、これで大丈夫なのだろうか？

八十八は、横目で浮雲を見る。

浮雲は微動だにせず、じっと浩太朗を見据えている。何を考えているのかは分からないが、僅かに口許に笑みを浮かべているようだった。

そうこうしているうちに、さっきまで暴れていた浩太朗が、ぱたりと倒れ、動かなくなった。

煙が次第に薄らいでいく。それに合わせて、祝詞を詠み上げる朱葉の声が次第に小さくなっていき、最後には静寂に包まれた。

間を置いたあと、朱葉がふうっと息を吐きながら、身体の力を抜いた。

「除霊はできたのですか？」

田所が、勢い込んで朱葉に訊ねる。

「幾つかは——」

朱葉が答える。

「幾つかとは、どういうことですか？」

八十八も気になり訊ねる。

「浩太朗様には、たくさんの幽霊が憑依しております。その中の幾つかは祓うことができました」

朱葉が、すうっと灰色の目を細める。

「本当ですか？」

八十八は、今度は浮雲に訊ねた。

除霊のやり方は、人それぞれだと浮雲は言ったが、お香を焚いて、祝詞を唱えただけで、除霊ができたというのは、どうにも信じられなかった。

幽霊を見ることができる浮雲であれば、朱葉の言っていることが、真実か否かを判断できるはずだ。

「ああ。言っていることは確かだ」

浮雲が、薄い笑みを浮かべながら答える。

「で、でもどうして？」

それが八十八には分からなかった。

これまで、八十八は浮雲について、幾つもの心霊事件を追いかけてきた。その中で浮雲は、幽霊を祓う方法として、現世を彷徨っている理由を見つけ出し、それを取り除くという手法を取っていた。

しかし、今の朱葉の除霊の方法は、浮雲のそれとは、大きくかけ離れている。

「簡単に言えば、戻したんだよ」

浮雲が答える。

「戻したとは?」

「思い出せ。浩太朗に、幽霊が憑依した原因は、何だった?」

「幽霊が憑依した骨董品を集めてしまったから……」

確か、そういうことだった。

元々骨董品を集めるのが好きだった浩太朗は、そうとは知らずに、幽霊が憑依した骨董品を部屋の中に集め、幾人もの幽霊に憑依されることになった。

それは、偶然ではなく、何者かが、意図的に浩太朗に摑(つか)ませたものだ。

「そうだ。それを、一人一人祓っていたのでは、いつまで経(た)っても、終わりゃしない」

──それはそうだ。

浮雲の除霊の方法は、確実だが、一人一人そうやって祓っていたのでは、膨大な時間がかかる。

そんなことをしているうちに、浩太朗は衰弱して、死んでしまうかもしれない。それは分かるが、戻すとはどういうことなのか?

八十八が、そのことを重ねて訊ねると、浮雲は呆れたようにため息を吐いた。

「なぜ、あの巫女が、部屋の中に骨董品を運ばせたのかを考えれば、自ずと答えは出るだろ」

　言われて、はっとなる。

「骨董品に、幽霊を戻したということですか？」

「そういうことだ。あの祝詞の意味は、それを促すものだった。恨みや憎しみを晴らしたくば、元の場所に戻れと説得したのさ」

「なるほど」

　浮雲が効率がいいと言っていた意味も、今になって改めて考えると分かる。確かに、効率がいい。

「なかなかやるな」

　浮雲が、墨の眼を朱葉に向ける。

「あなた様でも、同じことを考えたはずです。それに、まだ全ての霊を祓えたわけではありません」

　きっぱりとした口調で言う朱葉に、浮雲が「そうだな」と応じた――。

　そのやり取りを聞き、八十八は気を引き締め直した。

　さっき朱葉は、幾つかは――と言っていた。裏を返せば、まだ、浩太朗の身体に憑依している幽霊がいるということだ。

　全てを祓わなければ、浩太朗を救うことはできない――。

五

「あと、何体残っているのですか?」

八十八は、浮雲と朱葉を交互に見ながら訊ねた。

「二体——」

答えたのは朱葉だった。

その数を聞き、八十八は少しだけだが期待を持てた。二体であれば、どうにかなる気がする。

ここには、腕のいい憑きもの落としが二人いるのだ。

「私と、あなた様とで、一体ずつ祓うということで、如何でしょうか?」

朱葉が、じっと浮雲を見ながら言った。

「あんたがおれを呼んだのは、手分けして幽霊を祓う為——というわけだ」

浮雲が、にいっと笑いながら言った。

「はい」

朱葉が大きく頷く。

とてもいい案だと思う。一人では時間がかかるが、浮雲と朱葉の二人で手分けして除霊すれば、それを短縮することができる。

しかし——浮雲の反応は、芳しいものではなかった。

「あまりいい考えとは言えんな」

浮雲が、腕組みをして朱葉を見据える。

「どうしてですか？」

八十八は、朱葉より先に浮雲に訊ねた。

「考えれば分かるだろう」

浮雲はさも当然のように言うが、八十八には考えたところで、分からない。

そう言い募ると、浮雲は、苛立たしげに頭をがりがりとかいてから話を始める。

「おれの除霊の方法は知っているな？」

「はい。幽霊が現世を彷徨っている原因を見つけ出し、それを晴らすんですよね」

「そうだ。おそらく、あんたも同じ方法なんだろ」

浮雲が墨で描かれた眼を朱葉に向ける。

「どうしてそう思うのです？」

朱葉は、薄い笑みを浮かべながら応じる。

本当に理由が知りたいというよりは、浮雲を試しているように思える。

「あんたのやり方を見ていれば、お札や術で、どうにかしようとしているようには見えない。香炉でお香を焚いていたが、あれは幽霊に対して交渉を優位に進める為の演出といったところだろう。言葉を祝詞に代えるのも、同じ理由だ」

浮雲が一息に説明すると、朱葉が満足そうに大きく頷いた。

「やはり見込んだだけのことはあります。あなた様は、私の師匠によく似ています」

朱葉はそう言った。

「朱葉さんの師匠とは、いったいどういう方なんですか？」

八十八は、ついつい気になって訊ねた。

浮雲に似ていると言ったのは、その手法のみだろうか？　それとも、人柄も含めてのことだろうか？

その辺りを確かめてみたくなった。

「とても、腕の立つ憑きもの落としでした。それだけでなく、情に厚く、困っている人を放っておけない——そういう性質の人でした」

みなまで言わずとも、朱葉の言い回しからして、その師匠がもうこの世にいないことは明らかだ。

何があったのか、詳しく知りたいとは思ったが、易々と踏み込んではいけない領域である気がして、言葉が出てこなかった。

「話が逸れておる。浩太朗様を、どうやって救うかの話ではなかったのか？」

田所が焦れたように声を上げた。

確かに、今は朱葉の師匠の話は関係ない。

「残り二体を手分けして祓うのではないとしたら、あなた様は、どういう方法をお考えですか？」

朱葉は居住まいを正し、改めて浮雲に問う。

「残りの二体を祓おうにも、そいつらが何者なのか分かっていない。おまけに、現世を彷徨っている理由も不明だ」

浮雲が言う。

「それは承知しています。ですから、一人ずつ調べて行くことで……」

「それまで、お坊ちゃんの身体が保つか？」

浮雲の放ったひと言が、その場の空気を凍り付かせた。

まさに、浮雲の言う通りだ。

八十八は医者ではないので、浩太朗の状態が、どういうものなのか正確に把握することはできない。

だが、それでも、かなり衰弱していることは分かる。

じっくり時間をかけて調べていたのでは、浩太朗の命にかかわる。

「そうだ！　浩太朗様を、いつまでもあのような状態にしておくわけにはいかない！」

田所が声を荒らげた。

「ぎゃんぎゃん騒がんでも、分かっている。助けたいなら、大人しくしてろ」

浮雲は、耳に指を突っ込み、うるさがってみせる。

武士に対して、あまりに不遜な態度だ。田所も腹は立っただろうが、浩太朗の為を思ってか、口を閉ざした。

当主の義太郎も、さぞや気分を損ねているだろうと、恐る恐る目を向けてみた。

しかし、八十八の考えに反して、義太郎は興味を失っているのか、虚ろな目をしていた。

「あなた様の考えを、お聞かせ下さい」

場が落ち着いたところで、朱葉が改めて問う。

「此度の一件は、お坊ちゃんが偶然に集めた骨董品に、偶々幽霊が憑依していたわけではない。何者かによって、呪具を意図的に掴まされたものだ」

「私も、そう思います」

浮雲の説明に、朱葉が同意を示した。

「つまり、呪具を掴ませたその何者かを捕まえれば、憑依している幽霊が、何者かも分かるというわけだ」

——なるほど。

確かに、浮雲の言うように、呪具を摑ませた人間を捕まえることができれば、色々と明らかになることもあるだろう。

除霊をするだけでなく、裏で糸を引いているのが誰なのかを、突きとめることができるかもしれない。

まさに、一石二鳥のやり方だ。

「仰る通りですね。その方が、色々と都合が良さそうです」

朱葉が大きく頷いた。

ここで、八十八の脳裏にふっと疑問が浮かんだ。

「いったい、どうやってその呪具を渡した人物を捜すのですか？」

そう簡単に見つかるとは、到底思えなかった。

「まあ、そう急(せ)くな。考えはある」

浮雲は、盃に注いだ瓢の酒を、景気づけのようにぐいっと呑み干したあと、すうっと立ち上がった。

墨で描かれた眼が見据えるのは、いったい何なのか？

八十八には分かるはずもなかった――。

六

八十八は、かつて骨董品屋だった建物の前に立った――。

浩太朗はこの店から、骨董品の類いを買っていたらしいが、今は無人となっている。

ここの店主が、意図的に浩太朗に呪具を売りつけていたことは、ほぼ間違いない。

その人物の行方を追う為に、こうして足を運んだのだ。

朱葉の方は、堀口家に残された呪具を調べ、作った人物を探るということになっている。

「さて。中に入るとするか――」

浮雲は、金剛杖(こんごうづえ)を肩に担ぎ、散歩に出かけるような口調で言う。

「はい」

そう応じたものの、八十八は一歩が踏み出せなかった。

昨日、道雲が河上によって首を刎ねられた場所でもある。そのことを思うと、何だか胸の奥がざわざわと騒いだ。

怖いのだ――。

だが、八十八がこうも怯えているのは、何も道雲の一件があるからだけではない。

土方が、この場所で見つけたという掛け軸の絵——。

あれが気にかかっていた。

あの絵に描かれていたのは、おそらく浮雲と八十八の二人だ。

絵が暗示するのが、このあとに起こることなのだとすると、八十八は、浮雲に殺されるということになる。

浮雲が、自分を殺すはずがないと信じてはいるが、完全に不安を拭い去ることができないでいる。

「嫌なら、無理してついて来ることはねぇぞ」

隣に立つ浮雲が、八十八の心を見透かしたように言った。

「いえ。平気です」

八十八は、ぐっと顔を引き締めてから答える。

ここで怖がってばかりもいられない。このまま突っ立っていたところで、真実が明らかになるわけではない。

八十八は、浮雲のあとに続いて建物の中に入った。

暗い——。

雨戸が閉め切られているせいか、昼間だというのに、やけに暗い。

ただ、暗くはあるが、綺麗に掃除もされていたし、棚にある骨董品の類いも整然と並べられていた。

「このまま、商売を始められそうですね」

八十八は思ったままを口にした。

「そうだな」

浮雲が同意する。

「どうして、品物を残したまま、急にいなくなってしまったのでしょう?」

八十八が疑問を口にするなり、浮雲がふっと笑った。

「そんなことは、考えるまでもねぇ」

「そ、そうですね」

まさにその通りだ。

おそらく、店の主の目的は、商売をして儲けることではなかった。浩太朗に幽霊を憑依させる為に、大量の呪具を売りつけることだったのだろう。

目的を果たしてしまえば、もう店に用はない。

「引っかかるのは、もっと別のことだ……」

棚に並んだ、茶器やら櫛やらを、手に取って仔細に調べていた浮雲が、独り言のように呟いた。

「何です?」

「どうして、浩太朗だったのか——ってことだ」

浮雲が赤い双眸を、すうっと細める。

が、八十八からしてみると、どうしてそこを気にするのか、いまひとつ分からない。

「堀口家は、有力な武家だと伊織さんから聞きました。危害を加えようと考える者がいても、不思議はないと思います」

「堀口家なんかに、大した力はねぇよ」

浮雲が、吐き捨てるように言った。

「そ、そうなんですか？」

「ああ。幕府の重役である井伊直弼と懇意にしているらしいが、その程度だ」

全然、その程度ではない気がする。

幕府の重役と懇意にしている武家であれば、相当に力を持っているはずだ。

「井伊直弼様とかかわりがあるなら、有力な武家だと思いますけど……」

「弱小ではねぇが、こんな手の込んだことを仕組まねばならねぇほどの力は持ってねぇってことだ」

浮雲の言い様に「ああ」と納得する。

わざわざ店を開き、浩太朗に骨董品を売りつけ、幽霊を憑依させる——それは、相当に手間と金のかかることだ。

此度の一件が、堀口家を貶める為のものだったとして、そこまでの労力をかけるほどではないということが言いたいようだ。

ただ、違う考え方もできる。

「たとえば、堀口家に恨みを抱く何者かが、復讐の為に――ってことはありませんか?」

これまでも、そういう事件はあった。

「それにしたって、手が込み過ぎだ。もっと簡単にやる方法は、幾らでもあるはずだ」

「まあ、そうですね……」

確かに、復讐や貶めることが動機だとしたら、直接斬ってしまえばいいのだ。ここまで手の込んだことをする理由がない。

そうなると、いよいよ何の為に、こんなことをしたのかが分からない。

――どういうことなのだろう?

考えを巡らせてみたが、これといって何か思い付くわけではなかった。

かといって、ここで呆けていたのでは、何の為に恐怖を押し殺して入って来たのか分からなくなる。

八十八は、浮雲に倣って棚にある骨董品の類いを手に取って検分してみた。

「お揃いですね」

急に、戸口で声がした。

突然のことに、八十八の手から、持っていた茶碗が滑った。慌てて持ち直して何とか落下を免れる。

ほっと息を吐きつつ目を向けると、そこにいたのは土方だった。

いつものように、柔和な笑みを浮かべている。

「で、どうだった？」

浮雲が問う。

この感じからして、やはり浮雲は、土方に何か調べるように指示をしていたようだ。

「近隣に、色々と聞いて回ってみたんですがね。どうもはっきりしないんです」

土方が苦い顔をしながら答える。

「はっきりしない？」

「ええ。この店の主を見たことがあるって人間が、ほとんどいないんです」

なるほど――。

土方は、近隣の住人に、この骨董品屋の主人について、色々と聞いて回っていたということのようだ。

しかし――。

「主をほとんどの人が見ていないというのは、妙なことですね」

思ったままを口にした。

八十八も呉服屋の倅だ。商売人の常として、近隣の住人との関係は切っても切れないものだ。

どうしたって、毎日顔を合わせる。

「私もそう思います。何人か、見たことがある人もいたのですが、これまた妙なことに、みな主人の顔を覚えていないのです」

「覚えていない？」

浮雲が怪訝な顔をする。

「ええ。痩せた小柄な男だった――というところまでは分かるのですが、それ以外の特徴はもちろん、名前も分からないというんです」

土方にしては珍しく、困惑した顔をしている。

「顔を覚えられないように、相当に用心深く振る舞ったということか――」

浮雲が顎に手を当てて呟く。

「まあ、そういうことになるでしょうね」

土方が応じた。

「何にしても、ここにいても、あまり役には立たなそうだ」

浮雲と土方が連れ立って店を出て行く。

八十八も、すぐにあとを追いかけたが、茶碗を持ったままであることに気付き、慌てて引き返した。

元の棚に戻したところで、部屋の奥から、カタカタッと妙な音がした。

——何だろう？

目を凝らしてみる。

部屋の奥は、暗くて何も見えない。

それなのに——。

何かが、じっと八十八を見ているような気がした。

——行ってはいけない。

分かっているはずなのに、どういうわけか、八十八は引き寄せられるように、奥に向かって歩みを進めていた。

目が慣れてきたせいか、真っ暗だった部屋の奥が、薄らとではあるが見えてきた。

そこに——。

真っ白い顔があった。

八十八をじっと見据える顔が——。

思わず、悲鳴を上げそうになった八十八だったが、慌てて口を押さえてそれを呑み込んだ。

顔だと思ったのは、能などで使う面(おもて)だった。

壁に掛けられた面を、人の顔だと勘違いしてしまったようだ。こんなことで悲鳴を上げたら、また浮雲に「阿呆」と罵られそうだ。

引き返そうとした八十八の耳に、ふふふっと人の笑い声が聞こえた。

目の前の能面が笑ったのかと思ったが、そんなはずはない。そもそも、この能面は、笑ってなどいない。

——気のせいだ。

踵を返そうとした八十八の耳に、声が聞こえた。

何を言っているのか、定かではない。意味不明な言葉が、次々と流れ込んでくる。まるで、耳許で読経(どきょう)されているようだ。

耳がむずむずする。

のみならず、頭の前の方が、ずんずんと痛んだ。

——嫌だ。聞きたくない。

耳を塞(ふさ)ごうとしたが、どういうわけか、身体が動かなかった。自分の肉体と意識とをつなぐものが、切り離されてしまったような感じだ。

駄目だ。このまま、この言葉を聞き続けたら、自分が自分でなくなってしまう。

そんな恐怖に襲われた。

何とか逃げようとしたが、八十八には為す術がなかった。

「八！」

鋭く響いた浮雲の声で、八十八は我に返る。

さっきまでこわばっていた身体が、嘘のように軽くなり、振り返ることができた。

——いったい何だったのだろう？

「さっさと来い」

「あっ、はい」

八十八は、慌てて駆け出した。

店を出る前、一度だけ中を振り返った。

壁に掛けられた能面が、暗闇の中にぼうっと浮かびながら、八十八を見ていた。

「何をしてやがった？」

外に出たところで、浮雲に小突かれる。

八十八は、見たことを説明しようとしたが、なぜか、舌が上手く動かず、もごもごとしてしまった。

「行くぞ」

浮雲は、土方と連れだって歩き出した。

——チリン。

あとを追いかけようとした八十八の耳に、鈴の音が聞こえた気がした。

七

八十八は、夢現の中にいた。

身体が泥のように重かった。ずぶずぶと沈んでいくような気がする。

耳許で、誰かが囁いた。

ぼそぼそと、何かを言い続けている。

その声に引き摺られるように、八十八は目を開けた。

りんりん——。

鈴虫が鳴いていた。

さっき人の声だと思っていたのは、きっとこの鈴虫の鳴き声だったのだろう。

障子に月の光が当たり、薄らと青く染まっている。

八十八は、天井を見上げてふうっと長いため息を吐いた。

何だか身体がだるい。

あのあと、骨董品屋の主人の行方を追って、浮雲、土方と一緒にあちこち聞いて回ってみたが、大した成果は得られなかった。

いや、そうではない。

実際は、何かしらの手がかりが摑めたのかもしれない。

ただ、八十八には分からない。はっきりしない。うやむやなのである。

骨董品屋を出てからというもの、どうにも様子がおかしい。意識ははっきりしているのだが、目の前には靄(もや)がかかっていて、何を見たのか判然としない。耳に栓をされたみたいに、人の言葉が入ってこない。

浮雲と何かを話したりもしたが、「はい」とか「いいえ」とか、その程度の言葉しか返せなかった。

どうして、こんなことになったのか、色々と考えるが、考えようとすると頭が痛んだ。

自分の身体が、別の誰かになってしまったかのようだ。

――チリン。

幾度目かのため息を吐いたところで、鈴の音が聞こえた。

――チリン。チリン。

聞き間違いではない。その鈴の音は、段々と近付いてくるようだった。

いったい何だというんだ。

身体を起こし、障子に目を向けた八十八は、ぎょっとなった。

月明かりを受け、障子に人の形をした黒い影が映っている。ただの影であれば、父の源太か、姉のお小夜だろうと、さして気にも留めなかっただろう。

だが――。

その影が、深編笠のようなものを被り、法衣らしきものを纏っているのが分かった。

鈴の音を聞いて、八十八が思い浮かべる人物は只一人だ。

八十八が思うのと同時に、障子がすうっと開いた。

「夜分に失礼致します――」

法衣の男は、そう言いながら八十八の部屋に入って来ると、深編笠を脱いだ。

ぼろぼろの法衣姿だが、その顔は女と見紛うほどに美しく、妖艶だ。それでいて、切れ長の目には、冷徹さが滲み出ている。

――狩野遊山だ。

「ど、ど、どうして、あなたがここに……」

八十八は、恐怖を押し殺して問う。

遊山は、涼しげな目で八十八を一瞥したあと、口許に薄い笑みを浮かべた。

「その問いを投げるということは、あなたは何も分かっていないのですね」

鈴の音のような、遊山の声が響く。

「え？」

「私は、ある目的があって、こうしてあなたの許に足を運んだのです」

「そうです。非常に惜しいですが、これからのことを考えると、どうしても必要なことなのです」

「あなたは、何の目的でここに？」

「分かりませんか？」

「分かりません」

「目的？」

八十八は、固唾を呑んだ。

額に冷たい汗が浮かび、身体が震えた。自分で問い掛けていながら、本当は遊山の目的を知りたくないと感じていた。

なぜなら、嫌な予感しかしないからだ。

「私はね——あなたの命を奪いに来たのですよ」

そう言った遊山の手には、いつの間にか、鞘に入った刀が握られていた。

助けを求めようとしたが言葉が出なかった。

仮に出たとしても、誰を助けに呼ぶというのだろう。浮雲も土方も、そして伊織もここにはいない。

大声を張れば、源太やお小夜が駆けつけるかもしれないが、巻き添えを食って命を落とすだけだ。

「あなたとは、知らぬ仲ではありません。せめてもの情けです。ひと思いにあの世に送ってあげますよ――」

遊山が、すうっと刀を鞘から引き抜いた。

月明かりを受け、刀身が冷たい光を放っている。

どうにか逃げられないものか――と考えを巡らせてみたが、駄目だった。

遊山の剣の腕は、凄まじいものがある。伊織など子ども扱いだったし、浮雲や土方であっても、勝敗が見えぬほどだ。

八十八など、どう足掻いても逃げられるものではない。

遊山が、流れるように半身になって構えた。

切っ先が、真っ直ぐに八十八に向けられている。

そのまま八十八の身体を貫くつもりだろう。

――もう駄目だ。

八十八は、身体に力を込めて、固く目を閉じることしかできなかった。

「邪魔が入ったか……」

遊山が呟くように言う。

邪魔とは、いったいどういうことなのか？　八十八が目を開けると、いつの間にか、遊山の背後に少年が立っていた。

顔をはっきり見ることはできないが、誰なのかすぐに分かった。

「そ、宗次郎？」

八十八が声を上げると、宗次郎が無邪気に笑った。

「土方さんに、あんたを護衛しろって頼まれてね」

何も知らない人が、今の宗次郎の言葉を聞いたら、笑ってしまうだろう。しかし、宗次郎の年齢と見かけに騙されてはいけない。

宗次郎は、見た目は小柄な少年だが、天然理心流を学び、凄まじいまでの剣の腕を持っている。

これほど心強い護衛はいない。

「あんた、狩野遊山だろ。めちゃくちゃ強いっていうじゃないか。ぼくと勝負しようよ」

宗次郎が、いかにも嬉しそうに声を上げる。

これは稽古ではない。真剣を用いての斬り合いだ。もちろん、宗次郎もそれは分かっている。その上で尚、喜びを隠せないでいる。

宗次郎は、そういう童だ。

「まったく。面倒なわっぱを寄越したものだ」

遊山が小さくため息を吐く。

「ねぇ。早くやろうよ」

宗次郎が、斬り合いをせがむ。

「やりたいなら、勝手にすればいい」

「分かった。じゃあ、遠慮なく」

宗次郎は、そう言うやいなや、素早く抜刀し、背後から遊山を横一文字に斬り付けた。

が、遊山はくるりと振り返りながら、その刃(やいば)をいとも簡単に躱してしまった。

「なかなか速いな。しかし、速さだけだ」

遊山が悠然と言う。

「だったら、これはどうだ？」

宗次郎がどんっと踏み込みながら、鋭い突きを繰り出す。

ところが、またもや遊山に躱されてしまった。

宗次郎は諦めず、二度、三度と遊山を追って突きを繰り出すが、そのことごとくを躱される。

「資質はある。しかし、まだまだ子どもだな。心が乱れている」

遊山が小さく笑った。

確かに、宗次郎は少しばかり感情的になっているように見える。それが証拠に、護衛するはずの八十八が部屋にいるのに、お構いなしに刀を振るっている。

お陰で、八十八は巻き込まれないように、必死に逃げ惑っているという有様だ。

「黙れ！」

宗次郎は、上段に構えると、そのまま真っ向に遊山へ斬り付けた。

だが——。

刀は、途中で止まった。

梁に当たってしまったのだ。

「こういうところが甘い。家屋の中で、上段に構えるなど、愚の骨頂。道場で稽古しているばかりでは、本当に人を斬ることはできん」

遊山が、嘲るように笑った。

まさに遊山の言う通りだ。道場ならともかく、天井や梁のある家屋の中で、上段に構えれば、刀が引っかかるのは当然だ。

宗次郎の顔がみるみる紅潮し、屈辱に歪んだ。

「屋内では、無闇に刀を振るうべきではなかったな」

遊山が、刀の切っ先を宗次郎の眼前に突きつける。

宗次郎は、梁に食い込んだ刀を抜こうとしたが、なかなか上手くいかない。

「また過ちを犯した。こういうときは、刀を捨てるべきだ」

遊山が、宗次郎に向かって刀を突き出そうとしたまさにそのとき——「待て！」と声がかかった。

まるで大砲が轟いたかのような響きに、八十八は思わず肩を震わせる。

見ると、部屋の前に、熊のような巨体が立っていた。

八十八の知っている人物だった。

「近藤勇――」

遊山がその名を口にする。

どうやら、遊山も近藤のことを知っているらしい。

「ここから先は、私がお相手致そう」

近藤が、唸るような声で言う。

遊山の冷徹な視線と、近藤の覇気を纏ったそれとがぶつかり合い、部屋の中の空気が震えているようだった。

しばらくして、遊山はすっと刀を下ろすと、さっさと鞘の中に納めてしまった。

「あなたとの勝負には、大変心ひかれるが、今はそのときではありません――」

遊山は一人納得したように言うと、悠然と部屋を出て行った。

近藤は、止めるでもなく、黙ってそれを見送った。

「待て!」

宗次郎が、刀を強引に引っこ抜き、遊山のあとを追いかけようとする。

近藤はその首根っこを摑まえ、ぶんっと放り投げた。宗次郎は、宙を舞ったあと、壁にどんっとぶつかる。

「何すんだよ！　あいつとは、まだ勝負がついていないだろ！」

「未熟者！　今のお前が勝てる相手ではないわ！」

駄々を捏ねる宗次郎の脳天に、近藤が拳骨を落とした。

平然と斬り合いをする宗次郎が、このときばかりは、目に涙を浮かべている。その姿が、何とも可愛らしく見えた。

八

「やはり、現われたか――」

浮雲が苦虫を嚙み潰したような顔で言った。

あのあと、今日は夜も遅いから――ということで、近藤と宗次郎は早々に引き揚げていった。

そして、翌日になり、浮雲と土方が八十八の部屋に訪れたというわけだ。

「どうして、狩野遊山が私のところに現われると分かったのですか？」

気になっていた問いを投げかけた。

近藤と宗次郎は、浮雲と土方の指示で、八十八を護衛する為に、近くに潜んでいたということだった。

「分かっていたわけじゃねぇ。正直、おれも、なぜ遊山がお前を殺そうとしたのか、分かってねぇんだ」

浮雲は、答えながら瓢の酒を盃に注ぐ。

「ならば、どうして？」

「あの絵だよ――」

浮雲のその言葉で、八十八は「ああ」と納得する。

骨董品屋に残っていたという、あの絵には、白い着物を着た男が、筆を持った男を突き刺している姿が描かれていた。

白い着物を着た男は浮雲で、筆を持った男は、八十八に似ているように思える。

あの絵を見れば、八十八が殺されるかもしれない――と思うのは必然だ。だから、念の為に、八十八に護衛をつけておいたということだろう。

そして、狩野遊山が現われた。

「こうなると、やはり此度の一件は、狩野遊山の手によるもの――ということなのでしょうか？」

「まあ、そうだろうな」

浮雲が、盃の酒をぐいっと呑み干す。

あの男――遊山が何を考え、このようなことをしているのかは分からないが、一筋縄でいかないことは確かだ。

「しかし、妙ですね……」

土方がぽつりと言った。

「何がです？」

八十八が問うと、土方はわずかに眉を顰めた。

「此度の一件が、狩野遊山の仕掛けであったとして、やはり、どうして八十八さんを殺そうとしたのかが分かりません」

「そうですね」

「それに、こうなると、あの絵についても謎が残ります」

「どういう謎ですか？」

「昨晩の出来事と、あの絵とでは、状況が異なります。それに、狩野遊山のこれまでの手口を見る限り、どうも不自然なように思えるのです」

土方の疑問はもっともだ。

八十八自身、違和を覚えないでもない。ただ、狩野遊山が八十八を殺しに来たというのは、疑いようのない事実である。

誰も答えを見出せず、全員で顔を突き合わせて押し黙ることになった。

そんな沈黙を破るように、障子が開き、姉のお小夜が入って来た。

「お客様がいらしてるわよ」

そう言って、お小夜が連れて来たのは、玉藻だった。

玉藻は「失礼します——」と部屋に入ってくると、しなやかな所作で浮雲の隣に腰を下ろした。

おそらく、浮雲は、玉藻を使って色々と調べさせていたのだろう。

「で、何か分かったのか?」

浮雲が問うと、玉藻は「ええ」と頷き、何やら耳打ちをする。

その様が、とても親密かつ妖艶で、逢い引きをしているかのように見えた。

「八十八」

声をかけられ、目を向けると、お小夜がまだ入口のところに立っていた。てっきり、立ち去ったものとばかり思っていたので少し驚く。

お小夜が、八十八に手招きをする。

——何だろう?

八十八は立ち上がり、お小夜について部屋を出た。

「あの女の人って誰?」

離れたところに移動してから、お小夜が小声で訊ねてきた。

そう言えば、お小夜は、玉藻に会うのは初めてだった。あれだけ美しく、華やかな女だ。気になるのも当然だ。

「浮雲さんの知り合いで、玉藻さん」

八十八が答えると、お小夜の顔がわずかに曇った。

「そ、そう……」

何だか、反応がおかしい。

「どうしたの？」

八十八が問うと、お小夜は迷った素振りを見せたあとに、口を開いた。

「そ、その……浮雲さんとは、どういう間柄なの？」

お小夜が、そう問い掛けながら顔を背けた。

――ああ。何ということだ。

お小夜が浮雲に好意を持っているらしいことを、すっかり失念していた。というより、そうではないかと感じながらも、違うと決めつけていた。

しかし、こういう問いをするとなると、いよいよだ。

浮雲のことは嫌いではない。しかし、お小夜とどうにかなるということであれば話は別である。何せ、あの女癖の悪さだ。お小夜が泣きを見るのは明らかだ。

とはいえ、ここで、ああだこうだと言い募るのは、陰口を叩いているみたいで気が引ける。

悩んだ末、「私にはよく分かりません」と曖昧に返して、逃げるようにお小夜の前を離れた。

部屋に戻る途中、急に頭がくらっとしたせいで、前のめりに転んでしまった。

耳の奥で、ぐわんぐわん音がする。

やはり、昨日からどうにも体調が優れない。疲れが溜まっているからかもしれない。

少し休みたい気持ちはあるが、この事件の顚末の方が気にかかる。

ふうっと息を吐いて立ち上がると、自室に向かって歩き出した。

八十八が戻ると、既に話は終わっていて、浮雲は金剛杖を肩に担いで立ち上がっていた。

「何処かに行くのですか？」

八十八が問うと、浮雲が「ああ」と短く応じた。

「どちらに？」

続けて問う八十八を、浮雲が赤い双眸で見据えた。

「どちらにって、堀口家に決まっているだろう」

「つまり、事件の謎は解けた——ということですか？」

八十八は興奮気味に訊ねた。

「急くな阿呆」

「し、しかし……」

浮雲が、こんな風に、意気揚々と立ち上がったときは、決まって謎が解けたときだ。

「まだ、何も分かっちゃいねぇ。ただ、思うところはある」

「思うところ？　それは何ですか？」

「だから、それを確かめる為に、堀口家に行くと言ってるんだ」

——ああ。そうか。

お小夜に呼ばれて、部屋を離れていたせいで、何だか置いていかれたような気分になる。が、ここであれこれ考えていても仕方ない。

「そうですね。行きましょう」

八十八は、大きく頷いた。

九

八十八は、堀口家の座敷牢のある部屋に座っていた——。

浮雲と土方の姿もある。それに、家臣の田所。剣客の河上。そして、朱葉もいた。

座敷牢の中では、浩太朗が横になっている。

あまりに動かないので、既に死んでいるのではないかと思うほどだ。詳しいことは分からないが、衰弱の度合いが酷いのかもしれない。

「幾つか、訊いておきたいことがある」

そう切り出したのは浮雲だった。

「浩太朗様の容態が、快方に向かうならば、何なりと――」

田所が険しい顔で頷く。

こんな状態が続いているのだ。田所からしてみれば、藁にもすがる思いだろう。

「浩太朗は、いつから骨董品を集めるようになった？」

浮雲が問う。

「詳しいことは分かりませんが、最近だったような気がします」

田所が応じる。

「何かきっかけはあったのか？」

「あったとは思いますが、そこまでは……」

二人のやり取りを、じっと見ていた八十八の耳で、再びぐわんぐわんという音がした。

すぐそこで、話をしているのに、その声がずいぶんと遠くに聞こえた。

――為すべきことを為せ。

耳許で、誰かが囁いた。

――誰だ？

振り返ってみたが、そこに人の姿はない。

「大丈夫ですか？」

近くにいた朱葉が異変を察し、声をかけてくれた。

「あ、はい。ちょっと目眩がしただけです」

八十八は、笑みを浮かべながら答えると、ふうっと息を吐いた。

こんなことでは駄目だ。気を引き締めなければ。

「堀口家に集められた霊媒師は、どういう経緯で人選した？」

「お祭しの通り、手当たり次第集めました」

浮雲と田所のやり取りが続いている。

視界がぼやけてきた。まるで、水の中から外を覗いているような、ぼんやりとした光景だった。

――さあ。己の為すべきことを為せ。

また声がした。

今の声は、いったい誰だったのだろう？

男であったような気がするが、浮雲や土方の声とは違う。田所や河上でもない。だとすると、いったい誰だ？

為すべきこととは、いったい何だろう？

自分は、何かをしなければならないのだろうか？

この状況で、自分にできることなど、何一つないような気がする。

そもそも、自分はどうしてここにいるんだ？

自分はいったい誰だ？

ぎぃ——と蝶番の擦れる音がした。

ぼんやりとした視界だったが、座敷牢の格子戸が開いたのが分かった。

どうして、開いたのだろう？

格子戸には、鍵がかかっているはずだ。

開くはずがない。

——そうか。これは夢なのだ。

どうやら、八十八は自分でも気付かぬうちに眠りに落ちてしまったのだ。だから、あり得ないことが起きている。

座敷牢の中から、浩太朗がゆらりと出て来た。

ざわざわと周囲がざわめく。

何をそんなに慌てているのだ。これは、自分の夢なのだ。実際には、格子戸は開いていないし、浩太朗も出て来てはいない。
だから――。
慌てる必要はないのだ。
ぐわんぐわん――と耳鳴りが続いている。
嫌な音だ。
この夢は、いつまで続くのか。
早く醒めて欲しい。
――さあ！　今だ！
一際大きな声がした。
それをきっかけに、八十八の目の前が、一気に闇に包まれた。
――暗い。
どうして、急にこんなに暗くなったのだろう。
これも夢なのか？
でも、こんなに真っ暗な夢があるだろうか？
「八！」
八十八を呼ぶ声がした。
その声に導かれるように、八十八の視界に光が差した。

あの声は、浮雲だ。

怒気を孕（はら）んだ声。

どうして、浮雲はそんなにも怒っているのだろう。八十八が寝ていたことに、腹を立てたのか？

いや違う。

視界が開けてくるにつれて、状況が見えてきた。

八十八は、寝ていなかった。座ってもいない。立っていた。

どういうわけか、自分の手には刀が握られている。

――どうして？

刀を握る理由など、どこにもない。そもそも、この刀はどこから手に入れたのか。

八十八は、刀を捨てようとしたが、指が動かなかった。動かないのは指だけではない。

全身が、自分のものではないみたいだった。

――やはり夢なのか？

八十八の前には、浩太朗がいた。

青白い顔に、虚ろな目をした浩太朗が――。

「お止（や）めなさい」

女の声がした。

おそらくは、朱葉だろう。
――何が起きているんだ？
自分の意思とは関係なく、八十八の両腕が動く。
刀を、大きく振りかぶったのだ。
「止せ！」
再び浮雲の声がする。
八十八だって止めたい。このままでは、浩太朗を斬ってしまう。
相手が浩太朗だから――ではない。
誰であったとしても、人を斬るなど、命を奪うなど、八十八の本意ではない。
――嫌だ！
八十八は、必死に抗う。
しかし、刀を捨てることも、動きを止めることもできなかった。
――さあ。為すべきことを為せ。
また、あの声がした。
そうだ。全ては、この声だ。
――止めろ。
八十八は、必死に念じたが、その想いは届かなかった。

自分の意思に反して、刀をしかと握った両腕が、浩太朗に向かって振り下ろされる。

八十八は、固く目を閉じるのが精一杯だった。

刀を通じて、手に肉を斬った鈍い感触が伝わってきた。

頬に生温かい何かがかかった。これは、おそらく血だろう。

斬ってしまった――。

夢だと思いたかったが、駄目だった。

手に、そして頬に残る感触は、夢ではあり得ない。

現実のものだ。

次の瞬間、八十八の胸に、刺すような痛みが走った。

瞼を開けると、すぐ目の前に浮雲の顔があった。墨の眼で八十八を睨みつけ、口許に憤怒を浮かべている。

何が起きたのかは分からない。

ただ、八十八の脳裏に、一枚の絵が浮かんだ。

狩野遊山が描いたと思われる絵。

あの絵には、白い着物を着た浮雲と思しき男が、筆を持った八十八と思しき男の胸を、刀で貫く様が描かれていた。

そうか――。

あの絵は、このことを暗示していたのか――。
それを悟るのと同時に、八十八の意識は、ぶつりと途切れた。

呪術の理

UKIKUMO
SHINREI-KITAN
JUJUTSUSHI NO UTAGE

一

――チリン。

鈴の音が耳に響いた。

八十八は、その音に誘われるように目を開けた。

夜だろうか。辺りは暗かった。ちろちろと川の流れる音がする。どうやら、八十八はいつの間にか、川縁で眠りこけてしまっていたようだ。

ゆっくりと身体を起こした八十八は、改めて辺りを見回した。

やはり、川縁らしい。

ごろごろと石が転がっていて、その先に川が流れている。霧が立ちこめていて、川の幅すら分からない。

どうして、自分はこのようなところで寝入ってしまったのだろう?

八十八が考えを巡らせていると、

――チリン。

再び鈴の音が鳴った。

川の向こうから聞こえてくる。

――向こうに、誰かいるのだろうか？

歩いて様子を見に行こうとした八十八だったが、あっとなった。何かが足に引っかかったのだ。

目を向ける。

誰かが、拳大の石を積んで作った塔のようなものに蹴躓（けつまず）いたらしい。

おそらくは、子どもが石を集めて遊んでいたのだろう。それを壊してしまったのだから、何だか申し訳ない気がした。

と、そこで八十八は妙なことに気付いた。

石を積んで作った塔は、一つではなかった。そこかしこに、石が積み上げられているのが目に入った。

「なっ、何だこれは……」

八十八は、思わず口にする。

それと同時に、八十八は、積み上げられた石が、何なのか分かってしまった。ここは、もしかして――。

考えがはっきりすると同時に、さっきまでもうもうと辺りを覆っていた霧が、さあっと潮が引くように遠のいていく。

川の向こう側が見えた。

荒涼としたこちら側とは逆に、対岸には、眩しいほど赤く染まった彼岸花が、咲き乱れていた。

そして――。

一人の男が立っていた。

虚無僧だった。深編笠を被っているので、その顔をはっきりと見ることはできない。

それでも、八十八には、それが誰なのか分かった。

――狩野遊山。

元は狩野派の絵師だったが、今は、他人の心を巧みに操り、破滅へと導く呪術師。

――どうして、あの男がここに？

混乱とともに恐怖が這い上がってくる。

同時に、これまで起きたことが、次々と頭に浮かんできた。

――そうだった。

堀口家の嫡男、浩太朗の憑きもの落としをする為に、八十八は浮雲たちと一緒に屋敷の座敷牢（ざしきろう）に足を運んだ。

ところが、そこで気分が悪くなった。

何がどうなったのか、自分でもよく分からないが、まるで何かに操られるように身体が動き、気付いたときには、刀を手に浩太朗に斬りかかろうとしていた。

そして――。

胸に強烈な痛みが走った。

目の前には、八十八を睨（にら）みつける浮雲の顔があった。

「そうか……」

八十八は刀か何かで、浮雲に胸を貫かれたのだ。

胸に目を向けると、着物が朱（あけ）に染まっていた。元からあった模様ではない。おそらくは、八十八自身が流した血の色だ。

「ようやく、お気付きになりましたか？」

対岸にいる狩野遊山が言った。囁（ささや）くような声であったにもかかわらず、八十八の耳にはっきりと聞こえた。

「わ、私は……死んだのですか？」

苦しさを覚えながら言う。

「ええ。あの男――あなたたちが、浮雲と呼んでいる男に、殺されたのです」

「そ、そんな莫迦な！」

八十八は、狩野遊山の声をかき消すように叫んだ。

「どう足掻いても、あなたはもう死んだのです。その事実は変わりません」

「なっ……」

本当に、自分は死んでしまったのか？

まだ、やりたいことはたくさんある。こんなにも、唐突に息絶えてしまうなんて、あまりに無情だ。

ふと、頭に浮雲の顔が浮かんだ。

最後に向けた、憤怒の表情が、八十八の胸を抉った。

「八十八」

誰かが、八十八の名を呼んだ。

顔を上げると、すぐ目の前に姉のお小夜が立っていた。隣には、父の源太もいる。

近付こうとしたが、その前に、二人の姿はふっと消えてしまった。

「さあ、彼岸に――」

狩野遊山が、すうっと八十八に手を伸ばす。

「私は……」

「こちらに来るのが、嫌なのですか？」

「………」

「嫌なら、諦めがつくまで、そこで石を積んでいるといい」

狩野遊山が笑みを含んだ声で言った。

こんなところで、いくら足掻いても、生き返ることはできない。

ここに留まり、幽霊となって現世を彷徨ったりしたら、それこそ浮雲に迷惑をかけてしまうだろう。

八十八は、諦めのため息を吐いて足を踏み出した。

「そちらに行ってはいけません」

八十八を呼び止める声がした。

涼やかで、凛とした響きをもった心地いい声――。

振り返ると伊織の姿があった。

何とも哀しそうな目で、八十八をじっと見据えている。

彼岸に行ったら、もう伊織とも会えなくなってしまう――そう思うと、途端に胸が苦しくなった。

――やっぱり嫌だ。

「嫌だ！　まだ死にたくない！」

それが無駄なことだと分かっていながら、八十八は力の限り叫んだ。それと同時に、脳天にごんっと何かが落ちるような衝撃があった。

「うるさい。騒ぐな」

声とともに、視界がぐにゃりと曲がった——かと思うと、急に光が飛び込んできて、目の前が真っ白になった。

足許が崩れ、身体がふわりと宙に浮いたような気がした。そのまま、真っ逆さまに転落していく。

「うわぁ！」

八十八は、叫びながら手足をばたばたさせてもがく。

「騒ぐなって言ってんだろ」

再び、脳天に何かが落ちた。

「痛っ」

目の前がちかちかする。

だが、ふわふわと宙に浮いたような感じは消え、真っ白だった視界が、次第に像を結んでいった。

八十八がいるのは、三途の川ではなく、板の間の部屋だった。布団が敷かれていて、八十八はその上で上体だけ起こしていた。

辺りを見回すと、浮雲の姿があった。それだけではない。伊織も、土方も心配そうにこちらを見ていた。

「ようやく目を覚ましたか。阿呆が」

浮雲が、半ば呆れたように言いながら、赤い双眸で八十八を流し見た。

八十八は、慌てて自分の胸を検める。血は流れていなかった。代わりに、何かで突かれたような痣ができていた。

「八十八さんが、刀を手にして正気を失っていたので、この男が金剛杖で突いて、気を失わせたのですよ。その混乱にまぎれて、堀口家から八十八さんを抱えてここまで逃げてきたというわけです」

土方が、ちらりと浮雲に目を向けながら丁寧に説明してくれた。

――そうだったのか。

八十八は、ようやく、何が起きたのかを呑み込むことができた。

「三途の川が見えたので、私はてっきり死んでしまったのかと思いました」

八十八が、ほっと息を吐きながら言うと、どういうわけか、伊織がきっときつい視線を向けてくる。

「縁起でもないこと、言わないで下さい」

「す、すみません。でも、彼岸に狩野遊山の姿を見て、てっきり……」

「お前は、やはり阿呆だな」

浮雲がふんっと鼻を鳴らしながら言う。

「どうして、そうなるのです？」

「狩野遊山は、生きた人間だろうが」

言われて「ああ」と納得する。普通、彼岸に現われるのであれば、死んだ者たちのはずだ。狩野遊山は、まだ生きているのだから、そもそもいるはずがないのだ。

「目を覚ましたようですね。無事で何よりです」

すっと障子が開き、顔を出したのは、町医者の小石川宗典だった。どうやら、ここは小石川の診療所ということのようだ。

自分の状況は分かったものの、今度は別のことが気にかかった。

「あの……結局、憑きもの落としはどうなったのですか？」

八十八が問いかけるなり、場の空気が一気に凍り付いたような気がした。

二

八十八の問いに、みなが一様に口を閉ざした。

お互いに視線をかわしながら、誰が話すのかを探り合っているようだ。

小石川は、そうした様子に耐えられなくなったのか、「私はこれで——」と、早々に引き揚げてしまった。

「どうなったのか、教えて頂きたいのですが――」

八十八は、その場にいる面々を見据えながら、もう一度訊ねた。

それでもしばらくは、沈黙が流れた。

そうまでして口を閉ざす理由とは、いったい何だろうか？　ざわざわと音を立てて心が揺れる。

やがて、浮雲は諦めたのか、舌打ちをしてから、話を始めた。

「お前はどこまで覚えている？」

「憑きもの落としの為に、堀口家に行ったところまでは、はっきりと覚えています」

「そのあとは？」

「何だか、意識が朦朧として、周りの音が聞こえなくなって……。気付いたら、刀を手にしていました……」

どうも、その辺りから記憶が曖昧になっているような気がする。

「お前は、どうして浩太朗を斬ろうとした？」

浮雲の赤い双眸が、八十八を鋭く睨んだ。

「き、斬ろうとしたなんて……」

武家の嫡男である浩太朗を、斬ろうなどという大それた考えは、八十八にはないし、そんなことをする理由もない。

仮に相手が浩太朗でなかったとしても、八十八には誰かを殺めようなどという恐ろしい考えは浮かばない。

「だが、八は、現に浩太朗に斬りかかったんだ」

「この男が止めなければ大変なことになっていました」

土方が、補足するように言った。

八十八の額にじわっと嫌な汗が浮かぶ。

曖昧ではあるが、浩太朗に刀を向けたことは、八十八自身も覚えている。だが――。

「あれは、私の意思ではありません。身体が、勝手に動いたんです」

別に言い訳をしているわけではない。それが事実だ。

あのとき、八十八は、朧げに意識がありながら、身体を動かすことがまったくできなくなっていた。

まるで、意識と肉体とを切り離されてしまったかのような状態だった。

「お前の意思で、浩太朗を斬ろうとしたわけじゃねぇんだな」

「もちろんです。そもそも、どうして私が、浩太朗様を斬らなければならないのですか？」

八十八が強く言い募ると、浮雲は、はあっと息を吐き、瓢の酒を盃に注ぎ、それをぐいっと一息に呑み干した。

「まあ、そうだな。八に限って、人を斬るなんて度胸はねぇな」

「もちろんです」

八十八は強く頷いた。

生まれてこのかた、誰かを斬り殺したいなどと思ったことは、一度もない。

虫も殺せぬ臆病者だと笑われたこともあるが、それを悪いとは思わない。相手が誰であれ、何であれ、無下に命を奪っていいはずがない。

だが、そうなると逆に分からない。

「私はどうして、あのようなことを……」

自分の意思でなかったとしても、浩太朗に刀を向けたのは事実だ。どうして、そんなことをしてしまったのか、自分でも分からない。

「やはり、何者かの術中にあったということでしょうね」

土方がふむ——と頷きながら言った。

「術中？」

「ええ。おそらく、八十八さんは、何かしらの暗示にかけられていたのだと思います。そのせいで、刀を手に取り、浩太朗様に斬りかかってしまった。幸いにして、この男が庇ったので大事には至りませんでしたが——」

土方の言葉を受けて浮雲に目を向ける。着物に隠れてはいるが、肩口のところに包帯が巻かれていた。

八十八のせいで傷を負ってしまったのだろう。

「すみません」

詫びを入れると、「もういい」とぶっきらぼうに返された。

「しかし、暗示で人を斬らせるなどということが、できるのですか？」

これまで黙っていた伊織が問うと、浮雲と土方が同時に頷いた。

「ああ。知らず知らずのうちに、暗示をかけて操ることは容易い」

「でしたら、そのことを堀口家の方々に話しましょう」

伊織が、勢い込んで言った。

普段から凛としている伊織には、似つかわしくない慌てぶりだった。

「証拠がねぇ」

浮雲がぴしゃりと言う。

「証拠――ですか？」

「ああ。八が、何者かに操られていたとするなら、それをやったのが誰か分からない限り、疑いを晴らすことはできない」

浮雲の言葉に違和を覚えた。

「疑いとは、何のことです？」

八十八が口を挟むと、浮雲が伊織と顔を見合わせて口を噤んだ。

何が起きているのかは分からないが、嫌な予感がした。不安を大きくかき立てられる。そんな感じだ。

「どんな理由があれ、八十八さんは、武家の嫡男に刀を向け、斬り殺そうとしたんです」

土方が、淡々とした調子で言った。

「いや、ですから、それは……」

「先ほども言いました。どんな理由があれ――と」

土方の冷たい目が、八十八を射貫く。

「………」

「堀口家の連中は、八十八さんを死罪にしようとしています」

「なっ！」

土方の話を聞き、八十八も事の重大さに気付いた。

何者かの術中に嵌まっていたとはいえ、町人に過ぎない八十八が、武家の嫡男を斬り殺そうとしたのだ。これは重罪だ。死罪は免れないだろう。

血の気がさあっと音を立てて引き、くらくらとした。

倒れ込みそうになるのを、手を突いて辛うじて堪える。

「私は……どうすれば……」

八十八は、藁にもすがる思いで浮雲に目を向ける。

普段は、ちゃらんぽらんではあるが、この絶望的な状況を変えられるのは、浮雲しかいないように思われた。

浮雲は、ふうっと長いため息を吐いたあとに、ゆらりと立ち上がった。

上背があるせいか、浮雲の存在感が一気に増したように思える。

「一つだけ手がある」

浮雲が、がりがりと頭をかき回しながら言う。

「何でしょう？」

「さっきも言った。八に術をかけた人間を捜し出し、捕まえる」

浮雲の言葉で、真っ暗だった心に、光明が差した気がした。

だが、それはすぐにかき消されてしまった。

「捜す方法があるのですか？」

正直、どうやって術者を見つけ出せばいいのか、皆目見当がつかない。そればかりか、仮に術者を引っ張り出すことができたとしても、術をかけていたなどと素直に口にするとは思えない。

不安で心を揺らす八十八とは対照的に、浮雲がにいっと冷笑を浮かべた。

恐ろしくもあったが、同時に心強くもあった。

「八に幾つか訊きたいことがある」

「な、何でしょう」

八十八は、ごくりと喉を鳴らして唾を呑み込んだ――。

三

その建物は、ひっそりと佇んでいた。

かつては骨董品を商っていた店だが、今は蛻の殻になっている。

昨日来たときよりも、一層、不気味に見えてしまうのは、おそらく、今、自分が置かれている状況が、大きく影響しているに違いない。

「ここだな」

浮雲が、骨董品屋だった建物を、じっと見上げながら言った。

両眼は、墨で眼を描いた、例の赤い布で覆っている。外に出るとき、浮雲はいつもこうして盲目のふりをしている。

「はい」

八十八は、大きく頷く。

さっき浮雲に、これまでに奇妙なものを見た、或いは、得体の知れない声を聞いたりしたことはなかったか？　と問われた。

思い当たる節が幾つかあった。その一つが、この骨董品屋だった。

昨日、ここに足を運んだとき、八十八は誰かに見つめられているような気がした。結果、それは能面だったのだが、同時に、奇妙な声も聞いた。

何を言っているのかは分からないが、耳に指を突っ込まれ、ごそごそとされているような不快な思いが残った。

そう浮雲に話すと、早速、足を運んでみようということになったのだ。

「では、行くとするか」

浮雲が、金剛杖を担いで中に入って行こうとする。

「ちょ、ちょっと待って下さい」

八十八は、慌てて浮雲を呼び止めた。浮雲が「何だ？」と嫌そうに顔を歪める。

「入って大丈夫なんですか？」

もし、八十八が暗示をかけられたのが、この骨董品屋だったとすると、不用意に足を踏み入れるのは、危険である気がする。

「ごちゃごちゃとうるさい男だな。中に入ってみなければ、何も分からんだろう」

浮雲の言うことはもっともだ。

「でも……」

やはり怖い。もしかしたら、また自分の意思とは関係なく、何者かに操られることになるかもしれないのだ。

「でももへちまもあるか。さっさと入るぞ」

八十八の心配などお構いなしに、浮雲はすたすたと中に入って行ってしまった。

こうなると、八十八も突っ立っているわけにはいかない。仕方なく、浮雲の背中を追いかけた。

薄暗い空間に、じとっとした空気が充満していて、その場にいるだけで、気分がどんどん沈み込んでいくような気がする。

「で、お前が能面を見たというのは、どの辺りだ？」

浮雲が訊ねてくる。

人目がないからか、いつの間にか、両眼を覆っていた赤い布を外している。

仄暗い建物の中、浮雲の赤い双眸だけが、ぎらっと強く鋭い光を放っているように見える。

「あの辺りです」

八十八は、建物の奥にある壁を指さした。

と、そこで八十八は違和を覚えた。それもそのはず、昨日来たときには能面が掛かっていたところに、今は編笠が引っかけてあった。

もしかしたら、八十八が能面だと思ったものは、あの編笠だったのかもしれない。

浮雲は「うむ」と小さく頷き、真っ直ぐに壁に向かって歩いて行くと、掛かっていた編笠を取り上げた。

と、そこに能面が——あるわけもなく、白い壁と、編笠を掛けてあった留め金があるだけだった。

やはり、あのとき能面を見たというのは、八十八の勘違いだったのだろうか？

「なるほど——」

浮雲は、感心したように尖った顎に手をやりながら呟いた。

いったい何に納得したのだろう？　などと八十八が考えているうちに、浮雲は金剛杖でドンッと壁を突いた。

その途端、ぼろぼろと壁の一部が崩れ、拳大の穴が空いた。

ちょうど能面があったところだ。

「これは——」

「壁の色が、ここだけ違った。案の定、穴が空いていたってわけだ」

「どうしてこんなところに穴が？」

八十八が問うと、浮雲はにっと笑みを浮かべた。

「おそらく、この壁の向こうに術者がいたんだろう。穴を通じて、お前に暗示をかけたというわけだ」

――そういうことか。

八十八は、ようやく得心した。

あのとき八十八が聞いた声は、この穴を通じて届いた暗示だったということだ。

「もしかして、能面は、私の注意を引く為のものですか？」

「おそらくな」

浮雲が苦い顔をした。

八十八も、気持ちは同じだった。罠（わな）だとも知らず、八十八はのこのこと壁に近付いてしまったのだ。

ただ、まだ分からないことがある。

「しかし、私が能面の前にいたのは、それほど長い時間ではありません。そう簡単に、暗示にかけられてしまうものなのでしょうか？」

勘違いや、思い込みなどとは明らかに違う。自分の意思とは関係なく、刀を振り上げるほどの強い暗示だ。

そうした術に詳しいわけではないが、短い時間でどうこうなるものではない気がする。

「問題はそこだ」

浮雲が、小さくため息を吐いた。

「え？」

「お前の言うように、あそこまでの暗示をかける為には、それなりの時間が必要だ。この店での一件は、あくまで成り行きの一つに過ぎない」

「つまり、他にも同じようなことをして、徐々に私に暗示をかけていた――ということですか？」

「おそらくな……」

浮雲が、苛立ちを滲ませた顔で、がりがりと頭をかいた。

――いったい何時？

記憶を辿った八十八の脳裏に、一人の男の顔が浮かんだ。

「狩野遊山」

八十八は、その名を口にした。

途端、背筋にぞくぞくっと寒いものが走った。

骨董品屋を出て、家に帰ったあと、狩野遊山が八十八の前に姿を現わした。あのとき、遊山は、禅問答のように不可解な会話のあと、八十八の命を奪いに来たと言った。

今になって思えば、あの言葉は、八十八に対する暗示だったのではないか——。

「狩野遊山か——」

浮雲が、うんざりだという風に呟いた。

「此度の一件は、やはり狩野遊山が暗躍しているに違いありません」

八十八を操った術者が、狩野遊山であるとするなら、全てに合点がいく。

「あの男が、かかわっているのだとしたら、相当に厄介だな」

浮雲の表情が硬くなった。

八十八には、それが怒っているように見えた。

詳しいことは分からないが、浮雲と狩野遊山との間には、深い因縁があるらしい。もしかしたら、浮雲はそうしたことに思いを馳せているのかもしれない。

などと考えていると、戸口の方からカタカタッと、何かがぶつかり合うような音が聞こえてきた。

——何だ?

目を向けると、こちらを覗いている人影が目に入った。

逆光になっているせいで、人相が判然としない。男であるのか、女であるのかも定かではない。

「おい!」

浮雲が声をかけると、その影はさっと姿を消した。

もの凄い勢いで駆けて行く足音がした。八十八は、浮雲と一緒に急いで戸口のところに向かう。

辺りを見回してみたが、それらしき人影は、何処にも見当たらなかった。

しかし、さっきまで人がいたのは間違いない。それが証拠に、建物のすぐ前に、入る前にはなかった能面が落ちていた。

これは――。

「私が見た能面は、これだと思います」

八十八が告げると、浮雲は怪訝な表情を浮かべながらも、屈み込んでその能面を手に取った。

表、裏とじっくり能面を観察したあと、浮雲がはっと驚いたような顔をした。

「何か分かったのですか？」

八十八が問うと、浮雲は「ああ」と短く答えただけで、それ以上、何かを語ることはなかった。

四

片膝を立て、壁に寄りかかるように座った浮雲が、盃の酒をちびちびと呑んでいる。

浮雲が棲み家にしている、廃墟となった神社の社である。

八十八は、向かいに座って、ただその姿を眺めていた。

別に、浮雲が酒を呑んでいる姿に見とれているのではない。そもそも、浮雲は酒を呑んで陽気に酔っているわけではない。

こうして、じっとしてはいるが、頭の中では、これまで起きた様々なことが駆け巡っているはずだ。

八十八も、あれこれと考えてみたが、ろくに解明もできず、こうして浮雲が何かしらの結論を出すのを待っているという状態だ。

浮雲の傍らで丸くなっていた黒猫が、急に耳を立ててなぁーと鳴いた。

それが合図であったかのように、社の格子戸が開いた。

——誰か来たらしい。

土方か玉藻、あるいは伊織かと思っていたが、そこに立っていたのは、巫女の朱葉だった。

凜と背筋を伸ばし、灰色の瞳で八十八と浮雲を見たあと「やはり、こちらでしたか――」と涼やかな声で言った。

「どうして、朱葉さんがこちらに？」

八十八が訊ねると、朱葉はわずかに顎を引いた。

「お力になれるかどうか分かりませんが、気になることがありましたので、それをお伝えしようと思いまして」

そう言ったあと、朱葉は浮雲に目を向けた。

浮雲は、朱葉に対して赤い双眸を隠すことを諦めたようだ。真っ直ぐに、朱葉を見返したあと、「何だ？」と先を促した。

朱葉はこくりと頷くと、中に入って格子戸を閉めた。こちらに向き直り、床に座った。

「とてもお綺麗ですね」

朱葉は、小さく笑みを浮かべながら口にした。

何のことを言っているのかは、訊ねるまでもなく察しがついた。

浮雲の赤い眼のことだ。

「世辞はいい」

浮雲は、むず痒そうな顔をして手を払った。

「世辞ではありません。私は、これほどまでに鮮やかな赤を、見たことがありません。

どんなに腕のいい絵師であったとしても、この赤を写しとることは敵わないでしょう」

朱葉の言葉に、八十八も同感だった。

浮雲の瞳が放つ赤は、他に類をみない美しさだ。八十八自身、あの色を描きだす自信がない。

「酔狂な女だな」

浮雲が、舌打ち混じりに言う。

「そうかもしれません」

朱葉が自嘲するように笑った。

「で、気になることとは何だ?」

浮雲が、話を本題に戻すように促す。

朱葉は「そうでしたね――」と居住まいを正してから、細長い木箱を取り出し、それを床の上に置いた。

「これは?」

浮雲が問う。

「つい先ほど、堀口家に届けられたものです」

「届けられた?」

「はい。いえ、正しくは少し違いますね。あのあと、浩太朗様を、座敷牢から部屋に移したのですが、そのとき、部屋に置かれているのを見つけました」

「前からあったものではないんですか？」

八十八は思わず問いを挟む。

朱葉が、からくり人形のような動きで、首を動かし八十八を見る。

「いえ。以前に部屋に入ったときは、このようなものはありませんでした。おそらく、例の騒動があったあと、何者かによって置かれたのでしょう」

朱葉の言う「例の騒動――」とは、八十八が浩太朗に斬りかかった一件のことを言っているのだろう。

何だか、責められているようで、急に居心地が悪くなった。

「ご安心下さい。あなた様が、望んであのようなことをするとは、私も思っておりません」

八十八の心情を察したらしい朱葉が、小さく首を振りながら言う。

そう言ってもらえるだけで、少しだが気が楽になった。

「中身は何だ？」

話を戻すように浮雲が口にした。

「あれこれ言葉にするより、その眼で確かめて頂いた方がいいと思います」

朱葉が、ちらりと木箱に目をやりながら促す。

浮雲は気乗りしないという風に、表情を歪めながらも、木箱を手に取った。

紐を解き、蓋を外したあと、中に入っている物を取り出した。

それは——一枚の絵だった。

浮雲が、その絵を床の上に広げる。

「あっ！」

絵を覗き込むようにして見た八十八は、思わず声を上げた。

それは奇妙な絵だった。

一人の女が、悲愴な顔をして立っていた。

その女は、着物がはだけ、白い肌が露わになっている。それだけではなく、縄が手に、足に、乳房に絡みつき、その身の動きを奪っている。

そして——。

女の前には、武士と思しき男がいる。

その武士は血の滴る刀を手にしていて、今まさに身動きの取れない女に斬りかからんとしている。

さらに、武士と思しき男の足許には、累々たる死体の山が築かれていた。

阿鼻叫喚の地獄絵図だった。

八十八は、思わず身震いした。絵から放たれている瘴気のようなものに、言いしれぬ恐怖を感じたからだ。

だが――それだけではなかった。

その絵に描かれている女からは、匂い立つような妖艶さが醸し出されていた。単なる情欲を刺激する媚態ではなく、息を呑むほどの美を纏った艶のようなものだ。

「この絵に描かれているのは、おそらく私です」

朱葉が静かに言った言葉に、八十八は思わずドキリとする。

「え？」

「この絵の女は、巫女装束を纏っていますから」

はだけているせいで、見逃していたが、こうして改めて見ると、確かに女が身につけているのは巫女装束だ。

それに、言われてみると顔立ちも似ているように見える。

と、ここで八十八はもう一つ、絵について気付いたことがあった。

「ここに倒れている人……」

武士の足許に倒れている骸の中に、白い着物を着て、両眼を赤い布で覆っている人物の姿があった。

この風貌は、浮雲であるように見える。

浮雲も、それに気付いたらしく、苦々しい表情で舌打ちをしたあと「趣味の悪い絵だ」と吐き捨てた。

「いったい、誰がこんな絵を……」

八十八の問いに答えたのは、朱葉だった。

「誰であるかは、もうお分かりだと思います」

すうっと朱葉が目を細める。

まさにその通りだ。わざわざ考えるまでもなく、こんな絵を描く人物は一人しかいない。

「狩野遊山――」

八十八が言うと、朱葉が「おそらく」と頷いた。

「もしかして、朱葉さんは、狩野遊山と何か因縁があるのですか?」

八十八の問いに、朱葉は「ええ」と短く答えた。

普段は、表情に乏しく何を考えているのか分からない朱葉だが、このときばかりは、強い怒りの感情を抱いているのが、ひしひしと伝わってきた。

「いったい、どんな因縁が?」

訊ねる八十八を、朱葉は何とも哀しげな眼差し(まなざし)で見つめたあと、わずかに顔を上げた。

まるで、涙が零れる(こぼれる)のを堪えているようだった。

「あの男は……狩野遊山は、私の師匠の敵(かたき)です」

朱葉が、瞼を閉じ、何かを思い返すような表情で口にした。

「敵――ですか？」

「はい。私の師匠は、狩野遊山によって殺されたのです」

「そんな……」

もしかしたら、朱葉が感情を表に出さないのは、師匠を殺されたという、辛い経験をしていたからなのかもしれない。

「直接、手を下したのは、狩野遊山ではありません。しかし、師匠は、遊山の仕掛けた罠に嵌まり、濡れ衣を着せられ、死罪となったのです――」

「酷い」

思わず口を突いて出た。

罠に嵌めて、その命を弄ぶ――いかにも狩野遊山のやりそうなことだ。腹の底から、ふつふつと怒りがこみ上げてくる。

「断じて許せません」

湧き出る感情に任せて、そう続けると朱葉がふっと笑みを零した。

なぜ、今の話の流れで笑われることになるのか、さっぱり分からず首を傾げると、朱葉は慌てて笑いを引っ込めた。

「失礼しました。八十八さんが、あまりに優しい方なのでつい――」

「はあ……」

どうして、優しいと笑われるのか、八十八にはいまひとつ分からない。

「八十八さんは、私の師匠に会ったこともありません。それなのに、まるで自分のことのように、本気で怒るので……」

朱葉が、申し訳なさそうに言う。

まあ確かに、見ず知らずの人のことで、本気で怒ったりしたら、滑稽に見えるかもしれない。

とはいえ、狩野遊山に対する怒りが収まるかといったら、そんなことはない。

朱葉の師匠は、見ず知らずの人物だが、朱葉のことは見ている。朱葉の哀しげな表情を生み出したのが、狩野遊山だとしたら、やはり許せない。

それに、人として、狩野遊山の行いを見過ごせるはずもない。

「何にしても、浮雲様と八十八様は、早々にここを立ち去った方が良いでしょう」

朱葉が、改まった口調で言った。

「どういうことです?」

八十八が訊き返すと、朱葉は外を気にするような素振りを見せてから、話を続ける。

「事態は、思ったより深刻です。堀口家は、あなたたち二人を何としても捕らえようとしています」

「そ、そうなんですか？」

「はい。既に、追っ手を放っております。間もなく、この神社にも現われることでしょう」

　朱葉の言葉を裏付けるように、何だか外が騒がしい気がする。

　格子戸の隙間から、外を覗き見ると、武士らしき男が四人ほど鳥居の前に集まっているのが見えた。

　その中の一人には見覚えがある。堀口家が雇った剣客、河上彦十郎（かわかみひこじゅうろう）だ。

　道雲（どううん）を、問答無用で斬り捨てた一件でも分かる通り、河上に、こちらの言い分を聞いてくれるような穏便さはない。

　八十八の姿を見るなり、首を斬り落としてしまうだろう。

「お二人は、ここから逃げて下さい。しばらくは、堀口家にも近付かない方がいいでしょう」

　朱葉が小さく頷きながら言う。

　確かに、その方が良さそうだ。下手に動けば、忽ち（たちま）捕まることになる。だが、そもそもここから逃げられるのか？

　社から出た瞬間に、見つかってしまうのが落ちだ。

「逃げると言っても……ど、どうすれば……」

朱葉は、混乱する八十八の肩に手を置くと、「ここは、私にお任せ下さい」と告げ、そのまま格子戸を開けて社を出て行った。

そのまま、河上たちの許に歩み寄り、何やら話をしている。

「時間稼ぎをしてくれるらしい」

さっきまで黙っていた浮雲が、ぽつりと言った。

「あの……私たちはどうすれば……」

時間稼ぎをしてくれるのはありがたいが、ここから出られなければ意味がない。

「そう情けない顔をするな。逃げる算段なら、もうつけてある」

浮雲は、そう言うと器用な手つきで、床板を三枚ほど外す。どうやら、この隙間から床下を通って逃げようという腹づもりのようだ。

――それにしても。

「ずいぶんと、簡単に床板が剝がれるのですね」

「阿呆。こういうときの為に、予め用意しておいたんだよ」

浮雲はそう言うと、するすると床下に潜って行った。

八十八も、すぐにそのあとに続いた――。

五

「本当に、ご迷惑をおかけして、申し訳ありません――」

八十八は、畳に額を擦（こす）りつけるようにして、深々と頭を下げた。

朱葉のお陰で、無事に社を抜け出すことができたものの、あてもなく通りをうろついていたのでは、それこそいつ見つかるか分かったものではない。

家に帰るのはもっての外だし、馴染（なじ）みの居酒屋、『丸熊（まるくま）』も安心とはいえない。

そんな中、浮雲が潜伏先として挙げたのが、伊織の家である萩原（はぎわら）家だった。

伊織なら事情も知っているし、兄の新太郎（しんたろう）とも知った仲だ。それに、呉服屋の倅（せがれ）である八十八が、武家である萩原家に匿（かくま）ってもらっているなど、思いもしないだろう。

仮にそうだと気付いたとしても、武家の家に、ずかずかと上がり込み、調べることなどできないはずだ。

この上ない隠れ場所ではあるのだが、伊織を始めとした萩原家には、多大な迷惑をかけることになる。

詫びても、詫びきれない。

「八十八さん。もういいですから、面（おもて）を上げて下さい」

伊織が、困ったように言う。

「いや、しかし……」

「そもそも、詫びるようなことではありません。私は、はじめから八十八さんを信じていますから」

「伊織さん――」

嬉しさのあまり、涙が落ちそうになった。

武家でありながら、町人である八十八を信じてくれるばかりか、こうして匿ってくれるのだから、伊織の優しさは底なしだ。

「疑いが晴れるまでは、私が責任をもって八十八さんをお守りします」

伊織が、はにかんだような笑みを浮かべた。

何とも愛らしいその表情に、うっとりしてしまったが、慌てて気を引き締め直した。

「しかし、萩原家の方々にも迷惑が……」

これは伊織だけの問題ではないのだ。

八十八を匿っていたことが知れれば、堀口家との間に諍いが生じるだろうし、萩原家の立場は非常に拙いものになる。

「ご安心下さい。父も、兄も承諾しております。兄などは、久しぶりに八十八さんと話ができると、喜んでいるくらいです」

冗談のように聞こえるが、伊織の兄である新太郎に、そうした酔狂なところがあるのは事実だ。

「いっそ、このまま萩原家に婿入りするか？」

部屋の隅で、盃の酒をちびちびと呑んでいた浮雲が、冷やかすように言った。

八十八とは違って、申し訳ないという気持ちは微塵もないのか、まるで我が家のような寛ぎ方だ。

それに――。

「何を訳の分からないことを言っているんですか。新太郎さんがいるのに、どうして婿を取る必要があるのですか。それに私などが婿入りできるわけないでしょ」

別に、伊織が嫌いとか、そういうことではない。

町人が武家に婿入りすることなど、絶対にあり得ないことだ。

「また、そうやって理屈を捏ねて、自分を誤魔化しやがる」

何が気に入らないのか、浮雲が苦い顔をする。

「理屈ではありません。それが理なのです」

「何が理だ。知った風なことを」

「幕府が決めたことですよ」

「それが、自分を誤魔化しているって言うんだよ」

「どういうことです？」

「惚れた腫れたに、身分なんざ関係ねぇって言ってんだよ」

──またその話か。

八十八は、少しばかりうんざりしてため息を吐いた。

浮雲は、何かというと、すぐに色恋の話にしたがる。確かに、身分で恋をするものではないかもしれないが、現実として、武家と町人とでは婚姻関係を結ぶことは許されない。

逆立ちしたって、その事実は変わらないのだ。

八十八が、そのことを言い募ると、浮雲は、ふんっと鼻を鳴らして笑った。

「だから駄目なんだよ。本気で添い遂げたいと思うなら、身分なんて捨てちまえばいいだろうが」

浮雲は簡単に言うが、そんなに甘いものではない。

それに、そもそも、そうしたことは、八十八が、伊織と恋仲であった場合に言うことだ。

言い返そうとしたところで、襖がすっと開き、女中が顔を出した。

「伊織様。お客様がお見えです」

「お客様？」

訊き返した伊織の顔が、さっと青ざめた。

もしかしたら、堀口家の者たちが、浮雲と八十八を捜しに来たのかもしれない。

「分かりました。すぐに行きます」

伊織は、すっと立ち上がると、浮雲と八十八を見て、小さく頷いてから部屋を出て行った。

「追っ手だったら、どうしましょう？」

八十八は、湧き上がる不安を口にした。

「そのときは、そのとき。まあ、何とかなるさ」

あっけらかんと言った浮雲は、瓢の酒を盃になみなみと注ぎ、顔を近付け、啜るように呑んだ。

よくもまあ、こんなときに呑気に酒を呑んでいられるものだ。

毎度のことではあるが、肌が白いくせに、酒を呑んでも少しも赤くならないのが、不思議でならない。

「他人事だと思って、軽く考えていませんか？」

八十八が不満を口にすると、浮雲の表情が一変した。

「阿呆が」

「どうして、阿呆なのです？」

「他人事だと思っていたら、こんな事件、とっくに投げ出している」

言われて、はっとなる。

まさにその通りだ。浮雲は、八十八を何とかしてやろうと考えているからこそ、こうして行動をともにしてくれているのだ。

自分が追い詰められているという苛立ちから、浮雲に八つ当たりをしてしまったようだ。

「すみません……」

素直に頭を下げると、浮雲がふんっと鼻を鳴らした。

「まあ、これはおれの事件でもあるしな……」

ぽつりと言った浮雲の言葉が引っかかった。

浮雲が、そんな風に考える理由は、一つしか思い当たらない。

「狩野遊山のことですか？」

訊ねてみたが、浮雲は黙って酒を呑んでいるだけで、うんともすんとも言わなかった。

浮雲と狩野遊山との間には、何かしらの因縁があることは、察しがついていた。だが、それがどういった類いのものなのかは分からない。

前々から問い質してみたいと思ってはいるが、八十八などが、踏み込んではいけない領域である気もしていた。

しかし——今なら。

「浮雲さんと、狩野遊山との間には、何があったのですか？」

八十八の声は届いているはずなのに、浮雲は何も言わず、遠くを見るように目を細めた。あるいは、浮雲が見ているのは、現実の風景ではなく、過去の記憶なのかもしれない。

どちらにしても、返答がないことに変わりはない。

やはり、喋る気はないようだが、そのことに落胆はない。誰にだって、話したくないことの一つや二つはある。

などと考えていると、不意に浮雲が「あの男は……」と囁くような声で言った。

喋る気になってくれたことに驚きはしたが、八十八はその感情をぐっと胸の内側に抑え込み、浮雲の声に耳を傾ける。

「あの男は——おれの友だった」

浮雲がそう続ける。

「友」

「心を許した、たった一人の男だったのかもしれん」

浮雲が寂しそうな笑みを零す。

二人の関係が、どういうものだったのかは、思い描くしかないが、それでも表情から察するに、相当に打ち解けたものだったのだろう。

それ故に、今の剣呑とした感じとの差が激しい。

「おれは……」

さらに話を続けようとした浮雲だったが、それを遮るように襖が開いた。

伊織だった。

その後ろには、土方と玉藻の姿もあった。

訪ねて来た客人というのは、堀口家の人間ではなく、土方と玉藻の二人だったようだ。

安堵するのと同時に、話が途中で終わってしまったことが、残念でもあった。

六

「さて――」

全員が座り、場が落ち着いたところで浮雲が切り出した。

さっきまでの複雑な表情は消え失せ、気怠げな表情に取って代わっていた。

「分かったことを、教えてくれ」

浮雲が促すと、まず土方が話を始めた。

「道雲という山伏を覚えていますか？」

忘れるはずもない。堀口家に集められた霊媒師の一人で、憑依(ひょうい)され、正気を失っていた浩太朗を座敷牢から逃がし、拐(かどわ)かした人物だ。結局、河上に斬り捨てられた。

当然、浮雲も「ああ」と応じる。

「道雲の近隣の者たちに話を聞いたのですが、あの男は、かなり金に困っていたようです。ところが、最近、急に羽振りが良くなった」

「誰かが金を工面してやった──ということですか？」

八十八が訊ねると、土方が「そのようです」と、大きく頷いた。

「誰が工面していたかは、分かったのか？」

浮雲が訊ねる。

「いいえ。残念ながら、そこまでは分かりませんでした。しかし──」

土方は、一度言葉を切り、注目が自分に集まるのを待ってから、話を続ける。

「道雲の家に、出入りしていた男がいるそうです」

「どんな男ですか？」

八十八は、ずいっと身を乗り出しながら訊ねる。

「ぼろぼろの法衣(ほうえ)を纏い、深編笠を被った男だったと」

「何と！」

驚きの声を上げた八十八だったが、同時に合点もいった。今回の事件には、狩野遊山の影がちらついている。

道雲に、狩野遊山が接触し、何かしらの役目を負わせていたとしても不思議ではない。

今になって思えば、道雲は浮雲が盲目でないことや幽霊が見えることを、見抜いているようだったが、事前に狩野遊山から話を聞いていたとすれば、それも頷ける。

「それだけではありません」

土方が、切れ長の目を細めて一同を見渡す。

「何だ？」

浮雲が先を促す。

「家臣である田所（たどころ）にも、妙な噂（うわさ）がありました」

「噂？」

八十八が訊き返すと、土方が顎を引いて頷く。

「ええ。どうも、田所は攘夷派（じょういは）の連中と、つるんでいたようです」

攘夷派は、徳川幕府を倒してしまおうという、過激な思想を持った連中のことだ。

幕府の重役の井伊直弼（いいなおすけ）とも近しい間柄である堀口家の家臣が、攘夷派の連中とつるんでいたというのは、穏やかではない。

「政（まつりごと）ってのは、どうにもきな臭い」

浮雲が、吐き捨てるように言った。

「私もそう思います。それで、さらに色々と探ってみたのですが、引っかかることがありまして――」

普段から、表情を面に出さない土方が、困惑した顔をしている。

「どんな引っかかりですか？」

「近藤さんに確かめてみたんですが、今回、あなたを霊媒師として引っ張り出したのは、堀口家からのたっての希望があってのことだったようです」

「そ、そうだったんですか？」

八十八は、思わず大きな声を上げてしまった。

今回の依頼は、天然理心流の師範、近藤勇を通じてのものだったが、堀口家は、手当たり次第に霊媒師を集めていたと言っていたはずだ。

だが、最初から浮雲を指名して呼び寄せたのだとしたら、話はかなり違ってくる。

しかも、近藤を通じてという、回りくどい方法までとっているのだ。

「どうやら、あなたがこの事件にかかわることを、望んでいた人物がいるようね」

何が面白いのか、玉藻が笑みを含んだ声で言った。

玉藻の考えも一理あるが、もしそうだとすると、いったい何の為に、そんなことをしたのかが分からない。

「お前は、何か摑んだのか？」

浮雲が視線を玉藻に向けた。

それを受けた玉藻は、いかにも意味ありげな艶(なま)めかしい笑みを浮かべてから口を開いた。

「私の話なんて聞くまでもなく、あなたも察しがついているんじゃない？」

玉藻が、流し目で浮雲を見る。

「いいから話せ」

浮雲が、焦(じ)れたように言う。

「さっきも言ったけど、今回の事件、最初からあなたを巻き込もうとしていた節があるわ。むしろ、あなたがかかわることが大前提だった。他は、みんな巻き込まれただけ」

「どういう意味だ？」

浮雲が眉を顰(ひそ)める。

「堀口家の心霊現象も、それを除霊する為に、霊媒師を集めたことも、全てあなたを引っ張り出す為に仕組まれたものってことよ」

「釈然としねぇ物言いだな。ちゃんと分かるように話せ」

浮雲が舌打ちをする。

八十八にしても、今の話だけでは、玉藻が何を言わんとしているのか、さっぱり分からない。

「簡単な話じゃないの。これだけ大がかりなことをやったの。あなたの嫌いな政が絡んでいるってことよ」

「おれは、政には無縁だ」

そう言って、浮雲は盃の酒をぐいっと呷った。

浮雲の言い様が気に入らないのか、玉藻がきっと睨み付けた。

その美しさに変わりはないが、ぞくっとするほどの冷たさと、身震いするほどの迫力があった。

「いつまでそんなことを言っているつもり？　あなたの出自は、政とは無縁ではいられないのよ。特に、今の世ではね」

「出自って、どういうことですか？」

黙っているつもりだったが、思わず口に出してしまった。

八十八が、浮雲と出会ったのは、最近になってからなので、風来坊のような暮らしぶりしか知らない。

政とかかわりのある出自というのは、いったいどういうものなのか？

「この男はね、どう足掻いても、逃れることができない、そういう出自なのよ」

「逃れることができない？」

「そうよ。名前を変えようが、身分を偽ろうが、流れる血を誤魔化すことはできない」

「黙れ！」

玉藻の言葉を、浮雲が一喝して遮った。

痺れるような怒りの気配が、浮雲から伝わってくる。こうまでひた隠しにされると、気になるのは事実だが、同時にここまで嫌がっていることを、これ以上掘り下げることは躊躇われた。

それは、玉藻も同じだったらしく、苦い顔をしたあとに口を閉ざした。

「おや。お揃いですね」

殺伐とした雰囲気を振り払うように襖が開き、柔和な笑みを浮かべた新太郎が部屋に入って来た。

部屋の気配が重くなっていただけに、新太郎のこうしたあっけらかんとした態度には救われる。

もしかしたら、部屋の外で、そうした状況を察して中に入ってきたのかもしれない。

「兄上。どうされたのですか？」

伊織が問うと、新太郎は「ふむ」と頷いてから、空いているところに腰を下ろした。

武家なのに、席次も気にしない。本当に、気さくな人だ。

「実は、少し気になることがあってね」

新太郎は、そう切り出した。

「気になること？」

伊織が訊き返すと、新太郎はこくりと頷いた。

「八十八さんが大変なことになっていると、伊織から聞いたので、私なりに、色々調べてみたんだよ」

新太郎が、腕組みをしてうんうんと頷く。

まさか、新太郎まで八十八の為に、奔走してくれていたとは——。

「堀口家に出向いて、少し話を聞いてみようと思ったんだけど、多忙であると追い返されてしまった」

新太郎の話に、伊織が大げさにため息を吐いた。

「だったら、何の役にも立っていないじゃないですか」

伊織は辛辣なことを言ったあと、頬を膨らませてみせた。

「いやいや。話はまだ終わっていない」

新太郎が、にっと笑みを浮かべた。

「何です？」

伊織が先を促す。

「家の者に、話を聞くことはできなかったが、帰り際、色々と近隣に訊いて回ってみると、ある噂が耳に入ってきた」

「もったいぶらないで、早く仰って下さい」

子どもがせがむように伊織が言う。

どうも、伊織は新太郎の前だと、幼くなるような気がする。まあ、それが可愛らしくもあるのだが——。

「堀口家は、出世の為に色々と阿漕なことをやっているというんだ」

「阿漕？」

「ああ。堀口家は、井伊様に袖の下を使って、引き上げてもらおうと色々と画策しているようなんだ」

「武家なら、それくらい当然だろう」

浮雲が苦い顔で言った。

確かに、あまり褒められたやり方ではないが、武家はどこも大変だ。出世の為に、袖の下を使うくらいはしていそうだ。

「それが、此度の一件と、どうかかわりがあるのですか？」

伊織の問いは、もっともだ。

堀口家が袖の下を使うことと、今回の心霊現象はつながらない。

「いや、そうでもない。せっかく袖の下まで使って井伊様に取り入っている最中に、嫡男が幽霊に憑かれた——などとなっては色々と困るだろう。これまでの苦労が水の泡になる」

「まあ、それはそうですけど……」

「私が思うに、今回の一件は、堀口家のそうした動きを嫌った、他の武家の仕業ではないかと思うんだ」

――なるほど。

確かに、新太郎の言い分は理に適っている。

武家の出世争いは熾烈だという。堀口家が、井伊家と懇意にしていることを、快く思わない武家がいても不思議ではない。

そうした武家が、堀口家を邪魔する為に、狩野遊山を雇って、今回のことを仕掛けたと考えれば納得できる。

そんな八十八の考えに賛同するように、浮雲がすっと立ち上がった。

「そういうことだったか――」

そう呟いた浮雲の赤い双眸には、真実が見えているような気がした。

「何か分かったのですか？」

八十八が問うと、浮雲がじっと視線を送ってきた。

何だか睨まれている気がするのは、その表情が、これまでに見たことがないほどに、硬直しているからなのかもしれない。

「ああ。だいたいのことはな」

　声は表情にもまして硬い。

　何か、とんでもないことが起こる――そんな予感が、沸々と湧き上がってきて、どうにも居心地が悪い。

「いったい、どういうことなのでしょう？」

　改めて伊織が浮雲に訊ねる。

　浮雲は、一度赤い眼を閉じ、ふうっと息を吐いたあと、かっと見開いた。

「おれたちは、利用されたのさ」

「利用？」

「そうだ。おれたちは、傀儡師の人形だったたってわけだ」

　傀儡師とか、人形とか、八十八には、何のことだかさっぱり分からない。

「とにかく行くぞ」

　浮雲は、そう言うなり部屋を出ようとした。

「待って下さい。行くってどこにです？」

　八十八が、慌てて呼び止めると、浮雲が振り返った。

「堀口家だよ」

「え？」

この状況の中、今、堀口家に向かうのは、どう考えても得策ではないはずだ。それなのに、いったいどうして？

八十八は、ただただ混乱するばかりだった。

七

「本当に、行くつもりなのですか？」

八十八は、浮雲の背中を追いかけながら声をかける。陽はすっかり傾き、夕暮れが迫っていた。

先の見えない闇に向かっているようで、余計に八十八は不安を煽られる。

今、堀口家に近付けば、早々に捕らえられ、八十八は何かしらの責めを負うことになるだろう。最悪の場合は死罪だ。

そう考えると、足取りがこれまでになく重かった。

「気乗りしねぇが、知ってしまった以上は、黙って見過ごすこともできん」

両眼を赤い布で覆い、金剛杖を突きつつ歩みを進めながら、浮雲が口にする。墨で描かれた眼が、いつもより恐ろしげに見えた。

「それだけじゃないでしょ」

横から口を挟んだのは、土方だった。

これだけ切迫した状況であるにもかかわらず、どういうわけか嬉しそうにしている。

「何のことだ？」

浮雲が、ぶっきらぼうに問い返す。

「八十八さんを救う為には、何としてでも事件を解決しなければならない。そうでしょ？」

「別に、八の為にやってるわけじゃねぇ」

浮雲が、むず痒いといった調子で言い返す。

「そうですか。では、ご自分の為ですか？」

「無駄口を叩いている暇はねぇぞ。向こうから、お出迎えだ」

浮雲が前を見るように促す。

ちょうど、堀口家の門のところに、四人ほどの武士が立っているのが見えた。八十八たちに気付くと、こちらに向かって歩いて来る。

「お前たちは、浩太朗様に狼藉を働いた者たちだな」

「神妙にしろ」

口々に言いながら詰め寄る男たちは、既に刀の柄に手をかけている。

少しでも抗ったら、その場で斬って捨てるつもりだろう。

八十八は恐怖で顔が引き攣ったが、浮雲は動じなかった。

「お前たちに訊きたいことがある」

浮雲は、ずいっと男たちの前に歩み出ると声を張った。

「この野郎。自分の立場が分かっているのか！」

武士の一人が喰ってかかる。

が、浮雲が墨で描かれた眼で一睨みすると、臆したのかじりっと後退った。

「怯むな。この者たちを引っ捕らえろ」

武士の一人が叫びながら、刀を抜いた。他の者たちも、それに倣い刀を抜く。

これでは、捕らえるのではなく、斬り捨てると言った方が正しい。

「大人しく、言うことを聞いていればいいものを――」

浮雲は舌打ち混じりに言った。

「仕方ありません。この者たちは、主に忠実なだけですから。まあ、自分で考える頭がないとも言えますが」

土方が、にやにやと笑いながら言った。明らかな挑発だ。

「薬屋風情が、何を言うか！」

さっき浮雲に喰ってかかった武士が、顔を真っ赤にしながら声を荒らげる。どうやら、すぐに感情的になる性質のようだ。

「お止め下さい」

慌てて止めに入ろうとした八十八だったが、武士に突き飛ばされてしまった。

「大丈夫ですか？」

尻餅をついた八十八を、土方が助け起こしてくれた。

「あ、ありがとうございます」

八十八が礼を言っている隙に、さっきの武士が背後から土方に斬りかかった。

土方は、素速く振り返ると、振り下ろされた刀を木刀で捌く。

「ほう。武士を気取る割に、薬屋風情の不意を突くとは——その性根が気に入りませんな」

土方が冷淡に笑った。

——これは拙い。

八十八が案じたのは、もちろん土方ではない。武士の方だ。

この武士たちは、土方がどういう男なのか知らないのだ。土方は、薬屋風情などと、侮っていい相手ではない。

「だったら、どうだと……」

武士は、最後まで言うことができなかった。

土方が電光石火の突きを繰り出したのだ。

喉元に、まともに食らった武士は、白目を剝いて仰向けに倒れ、そのまま動かなくなった。

「さて、どうします？　まだ続けますか？」

土方が平然と言い放つ。

他の武士たちも、これにはさすがに騒然となった。

が、それも一瞬のことだった。

「ただのまぐれで当たっただけで、偉そうな口を――」

「そうだ。お前のようなへっぴり腰で、我らに敵うと思うなよ」

武士たちが、口々に言う。

今の土方の突きを、まぐれなどと言っているようでは、勝負の結果は火を見るより明らかだ。

案の定、男たちは、土方に一太刀も浴びせることができなかった。そもそも、攻撃する前に、土方に木刀で打ち付けられ、次々と昏倒していく。

土方は、瞬く間に武士を打ち倒してしまった。

この状況で、息一つ乱れていない土方が、何とも恐ろしく感じられた。

「雑魚は片付いた。さっさと行くか」

浮雲が、先頭に立って歩き出し、土方がそれに続く。

堀口家の家臣の武士を、こんな風に痛めつけてしまったのでは、余計に立場が悪くなってしまうのではないか？

今さらのように、そんなことを考えたが、後の祭りだ。信じて前に進むしかない。

八十八は、倒れている武士たちに「すみません」と詫びてから、浮雲たちのあとを追いかけた。

浮雲は、ずかずかと堀口家に上がり込み、歩みを進める。

ただ、少しばかり妙だった。

こんな風に、武家の屋敷に上がり込んだのだ。門の前にいた連中の他にも家臣がいるだろうし、咎（とが）められそうなものだが、誰も姿を現わさなかった。

むしろ、屋敷の中に人がいないのでは——と思うほどに静まり返っていた。

そうしたことを気にする様子もなく、浮雲はどんどんと進み、やがて浩太朗が閉じ込められていた座敷牢のある部屋の前に立った。

「さて。鬼が出るか蛇（じゃ）が出るか——」

浮雲は、呟くように言ったあと、部屋の襖を開けた。

部屋には行灯（あんどん）が一つ置いてあるだけで、じっとりとしていて暗かった。

一見したところ、人の姿はない。

いや、違う——。

部屋の奥にある座敷牢の中に、座っている人の姿があった。最初は、浩太朗かと思ったが、そうではなかった。
そこにいたのは——朱葉だった。

八

「こちらにいらっしゃったということは、もう全てがお分かりだということですね——」

座敷牢の中で、しゃんと背筋を伸ばして座っていた朱葉が、耳に響く涼やかな声で言った。

「ああ。残念だがな」

浮雲が、するすると両眼に巻いた赤い布を解きながら言う。

緋色に染まった双眸が、真っ直ぐに朱葉を射貫く。

「少しばかり、あなた様のことを、見くびっていたかもしれませんね」

朱葉が、薄い笑みを浮かべた。

「いったい何の話をしているのです？」

八十八は、堪らず口を挟んだ。

浮雲と朱葉の二人は、全てを承知しているようだが、八十八には何のことだかさっぱり分からない。

「分かりませんか？」

そう言ったのは、土方だった。

この言い様――土方も、何が起きているのか分かっているようだ。

「どういうことなんですか？」

八十八が問うと、土方は「傀儡の話ですよ――」と、これまた意味の分からないことを口にする。

――いったい何なんだ。

「簡単な話だ。此度の一件は、この女の謀なんだよ」

浮雲が突き放すように言った。

「え？」

八十八は、驚いて朱葉に目を向ける。

肯いも打ち消しもしない。朱葉は、ただ黙ってそこに座しているだけだ。

「浩太朗に幽霊を憑依させたのは、お前の企みだな」

浮雲が、座敷牢にずいっと歩み寄りながら言う。

――そんな！

「いったい何を言っているんですか？　朱葉さんが、そんなことをする理由がありません」

八十八は、信じられない思いで口にした。

「理由ならある。堀口家に入り込み、この家の連中に暗示をかける為だ」

「暗示？」

「こいつは、ある目的を果たす為に、堀口家の連中に暗示をかけて、利用することを思いついた。だが、それには、堀口家の屋敷に自由に出入りする為の口実が必要だった」

「も、もしかして……」

「そうだ。浩太朗に幽霊を憑依させ、その除霊という名目を使えば、幾らでも堀口家に出入りすることができる。その上で、堀口家の連中に、暗示をかけていったというわけだ」

浮雲の赤い双眸が、ぐっと力を増して鋭くなる。

「いったい何の目的で、堀口家の人たちを利用したというんです？」

八十八が問うと、浮雲は金剛杖で、ドンッと畳を突いた。

「要人の暗殺だ」

「暗殺……」

八十八は、混乱しながら言葉を繰り返した。

「そうだ。堀口家の者たちを使い、要人を殺させようとしていたんだ」

「暗示をかけて、人を殺させるなんて……」

八十八には、浮雲の話が絵空事に聞こえた。

そんな都合のいいこと、そもそもできるはずがないのだ。

「何を言っていやがる。お前は、現に浩太朗を斬り殺そうとしただろ」

浮雲に言われて、はっとなった。

言われてみればその通りだ。何かしらの暗示にかかり、自分の意思とはかかわりなく、浩太朗に刀を向けたのだ。

浮雲に止められなければ、間違いなく斬っていただろう。

「も、もしかして、私に暗示をかけていたのは……」

「そう。あの女だ」

浮雲が、金剛杖で座敷牢の中の朱葉を指し示した。

嘘だと言って欲しかった。だが、朱葉は沈黙を貫いた。それこそが、浮雲の話が正しいという証拠に他ならない。

今になって考えれば、思い当たる節がないわけではない。

朱葉が除霊をしたとき、焚いた香の煙に、頭がくらくらした。あれが八十八に起きた最初の異変だった気がする。

それだけではない。わずかな視線や、言葉も含めて、徐々に八十八を暗示にかけていたのかもしれない。

極めつけが、あの骨董品屋での出来事だ。

ごく自然な流れに見せていたが、朱葉は、八十八たちが、あの骨董品屋に足を運ぶように仕向けたのだろう。

そうすることで、八十八への暗示を確実なものにした。

「ついでに言うと、暗示をかけるのには、それなりに時間が必要だ。だから、堀口家に霊媒師を集めさせたのさ」

浮雲が言う。

「どういうことです？」

「霊媒師を集め、競わせ、それに勝ち残ることで、堀口家からの信頼は強固なものになる。それだけでなく、暗示をかける為の時間も稼げるというわけだ」

——そうか！

八十八がそうであったように、暗示は簡単にかけられるものではない。

ああいう状況を作り出し、時間をかけ、じっくりと暗示をかけていったというわけだ。

しかし、それはやはり手間のかかることだ。

「どうして、そんなことを……」

「さっき も言っただろ。要人を暗殺する為だ」

「これほど回りくどいことをしてまで、殺さなければならない要人とは、いったい誰なんです?」

暗殺したいのであれば、闇討ちでもした方が手っ取り早いはずだ。

こんな大がかりなことをする意味が分からない。

「井伊直弼だ」

浮雲が、その名を口にしたことで、これまでばらばらだった点が繋がった気がした。

井伊直弼ほどの要人を暗殺するとなれば、それは相当に大変だ。警護もきついし、容易く近付けるものでもない。

だが、堀口家の人間なら話は別だ。

近しい関係にあり、井伊直弼に直接謁見することもできる。つまり、殺す機会があるということだ。

「しかも、ただ暗殺するだけじゃない。懇意にしていた武家の人間が暗殺した、という事実が重要なんだ」

浮雲がそう付け加えた。

そういうことか――と納得する。

ただ単に闇討ちをしたのでは、犯人が分からない。が、酒席などに乗じて、幕府側の武家の人間が、井伊直弼を暗殺したとなったなら、話は違ってくる。

幕府の弱体化を世に知らしめることになるだけでなく、内部の不満が噴出して、暗殺に至ったということになれば、それに便乗する者も出てくるかもしれない。

先刻、玉藻が「政」と再三、口にしていたが、それは、こういうことだったのだろう。

ここで、八十八の中にふっと疑いが浮かんだ。

「待って下さい。だとしたら、どうして私は、浩太朗様に斬りかかるような暗示をかけられたんですか？」

八十八が問いを投げかけると、さっきまで雄弁だった浮雲が、途端に口を閉ざした。

沈黙が流れる――。

「それについては、私から話しましょう」

これまで、沈黙を守っていた土方が口を挟んだ。

「その人たちの目的は、おそらく井伊直弼だけではなかったんですよ」

「浩太朗様も、暗殺しようとしていた――ということですか？」

八十八が訊ねると、土方は首を左右に振った。

「まさか。こう言っては何ですが、堀口家の嫡男を殺したければ、いくらでも機会はありました」

「あっ！」

言われて納得する。

そもそも、浩太朗は骨董品屋に出入りして、様々な骨董品を家に持ち込んだことにより、幽霊に憑依されることになったのだ。

その流れの中で、殺そうと思えば、いくらでもやれた。

「狙っていたのは、この男ですよ」

土方が、ちらりと浮雲に目をやった。

浮雲は何も答えず、ただ朱葉を睨み付けている。

八十八の頭に、先刻の会話が蘇（よみがえ）った。土方の話によれば、浮雲は此度の一件に、意図的に呼び込まれた節があるようなことを言っていた。

「浮雲さんを殺そうとしていたということですか――」

八十八は、驚きとともに口にした。

だが、どうして浮雲を殺そうとしていたのか、理由が分からない。もしかしたら、玉藻が言っていた、出自というのがかかわっているのかもしれない。

「それは違います」

土方が再び首を左右に振る。

納得しかけていたのに、一気に突き放された気分になる。

「え？」

「もし、この男を殺そうとしていたのだとしたら、八十八さんが斬ろうとしたのは、堀口家の嫡男ではなく、この男でなければならなかったはずです」

確かにその通りだ。

「で、でも……」

「この男はね、双方にとって、生きていてもらわなければならない人物なんですよ」

土方が仄暗い口調で言った。

「生きていてもらわなければならない？」

「詳しくは言えませんが、この男は、こう見えてやんごとなき血筋を引いているのです」

「なっ……」

八十八は驚きで言葉を失った。

と同時に、これまで分からなかった様々な事柄に得心した。

玉藻は、浮雲が政から逃れられない——というようなことを言っていた。浮雲が、それにかかわるような高貴な家柄の出自だとすると、その言葉の意味も納得できる。

それだけではない。浮雲が、自らの過去を語りたがらないのも、本当の名を口にしようとしないのも、そうしたことが理由だと考えると腑に落ちる。

「おそらく、そこの女の目的は、この男の精神を痛めつけ、心魂を崩壊させることです」

「心魂を崩壊……」

「ええ。そうすれば、この男を自分たちの思い通りにすることができる」

「な、何を言っているんですか？」

八十八は、ただただ混乱して訊ねる。

「本当は、堀口家の嫡男を斬ろうとした八十八さんを、この男がやむを得ず斬り殺す――そうした段取りだったんです」

信じられない思いで土方の言葉を聞いた八十八だったが、すぐに脳裏に一枚の絵が浮かんだ。

浮雲らしき男が、八十八と思しき男を、刀で貫いた姿を描いたものだ。わざわざ、あのような絵を残したのは、そうなるように仕向ける為の暗示だったのかもしれない。

ただ、その目論見は失敗に終わった。

「大切な人の命を、自らの手で奪う。幽霊の見えるこの男にとっては、この上ない拷問になるでしょう」

土方は、そう締め括った。

浮雲が八十八のことを、いかほど大切に思っているかは分からない。だが、幽霊が見える浮雲は、人の命を無下に奪うことを極端に嫌う。

誰よりも、命の大切さを知っているが故なのだろう。

浮雲のそうした性分を考えれば、自らの手で、他人の命を奪わざるを得ない状況というのは、何よりの苦痛に違いない。

「浮雲さん……」

声をかけた八十八を、浮雲がぐっと押しのけた。

「お前の企みは、看破した。堀口家の者たちはどこにいる?」

浮雲が、座敷牢の中にいる朱葉に問う。

そうだ。この家は、蛻の殻のようになっている。当主の義太郎や、田所たちは、どこに行ったのだろう。

「逃げろと言ったのに、どうして逃げなかったのです?」

朱葉が囁くような声で言った。

「何?」

「逃げていれば、あなたたちは、これ以上、かかわらずに済んだものを――」

そう言った朱葉の表情は、どこか哀しげだった。

おそらく、社での一件のことを言っているのだろう。確かに、あのとき、朱葉は八十八と浮雲を逃がしてくれた。

どうして朱葉は八十八たちを逃がしたのか?

「かかわっちまった以上、そうもいかなくてな」

浮雲が、がりがりと頭をかいた。

「損な性分ですね」

「かもな。何にしても、これで終わりだ。行き先を言え」

浮雲が詰め寄ると、朱葉はふっと不敵な笑みを浮かべた。

「そうですね。そこまで分かっているなら、隠し立てしても無駄ですね。堀口義太郎様と田所様は、『嶋村（しまむら）』という料亭で、井伊直弼様と会食をなさっていると思います」

朱葉が笑った意味を悟った。

もう手遅れだ——そう言いたいのだ。だから、朱葉もここに居残ったのだろう。

「行くぞ！」

浮雲は、すぐに踵（きびす）を返したが、それを朱葉が呼び止めた。

「私が、大人しく行かせると思いますか？」

「お前に、おれは止められんよ」

「そうですね。力では無理でしょうね。しかし、私は傀儡女（くぐつめ）です」

「何が言いたい？」

「傀儡女には、傀儡女のやり方があるのです——」

その言葉が合図であったかのように、部屋の中にぬうっと黒い影が入って来た。

九

部屋に入って来たのは、浩太朗だった。襦袢姿で虚ろな目をしている。といっても、八十八はこれまで、自我を失った浩太朗しか目にしていない。

手に持った刀を、ずるずると引き摺るようにして部屋に入って来る。

「嫌なことをしやがる」

浮雲が苦々しげに口にする。

それをきっかけに、浩太朗が、持っていた刀をめちゃくちゃに振り回してきた。

身体の芯はぐらぐらと揺れているし、構えをとっているわけでもない。子どもが木の枝で遊ぶように、無造作に刀を振るう。それ故に、動きが読めずに質が悪い。

おそらく、浩太朗に暗示をかけて操っているのだろう。

さっき朱葉は、傀儡女には、傀儡女のやり方がある——と言っていたが、それはこういうことだったようだ。

「ぎぃぃ」

浩太朗が、尚も刀を振るう。

手当たり次第だ。こうなると、必死に逃げ惑うより他にない。

「私がやりましょう」

土方が、ずいっと歩み出る。

「ぐぅぎぎぃぃ」

浩太朗が、一際(ひときわ)大きな声を上げながら、刀を振るう。

土方は、退(ひ)くことなく、素早く浩太朗の懐に飛び込むと、持っている刀を木刀で払った。

――さすがだ。

刀を払ってしまえば、浩太朗は武器を失う。そうなれば、抑えるのは容易い。が、そう思ったのは束(つか)の間(ま)だった。

土方の木刀に払われ、浩太朗の腕は大きく跳ね上がったが、刀は依然として持ったままだった。

いや、違う――。

浩太朗は刀を持っているのではない。紐のようなもので、手に括り付けられているのだ。

あれでは、払ったくらいでは刀を手放すことはないだろう。

「ならば――」

今度は、浮雲が大きく足を踏み出しながら、金剛杖で浩太朗の腹を突いた。
八十八にやったのと同じ方法だ。
あれで、浩太朗が気を失ってくれれば、その動きを制することができる。
浩太朗が、身体をくの字に曲げ「ぐぅぅ」と唸る。
しかし、すぐに身体を起こし、再びめちゃくちゃに刀を振り回し始めた。
「お前……薬を使ったな」
浮雲が、その刀を躱しながら朱葉を睨む。
返事はなかったが、朱葉は勝ち誇ったように、にいっと笑った。
「厄介な手を使いますね」
土方が、そう言いながら浮雲に目配せをする。
たったそれだけで、全てを察したように浮雲が頷いてみせた。
浩太朗が「ぐぅ」と唸る。
土方は、懐から礫のようなものを取り出すと、浩太朗に向かって投げた。
顔面にそれを受けた浩太朗が、わずかに仰け反る。
その間に、浩太朗の背後に回った浮雲が、金剛杖を使って足を払った。
すぐに起き上がろうとした浩太朗だったが、それより土方の動きの方が速かった。
刀を持った浩太朗の腕を取ると、暴れるのを上手くいなしながら、ドスッと刀を畳に突き立てる。

さらに、浮雲が刀の柄を足で踏みつけ根元まで押し込んでしまった。

――上手い。

こうなってしまっては、刀と手を結びつけていることがかえって災いし、身動きが取れなくなる。

案の定、浩太朗はばたばたと暴れるが、立ち上がることも、刀を振るうこともできなくなっていた。

一瞬の目配せで、ここまで呼吸が合致するのだから、凄いとしか言い様がない。

「さすが――と申しておきましょう」

朱葉は、悔しがるでもなく、淡々とした調子で言った。

――この余裕はいったい何だ？

疑いを抱いた八十八は、妙なことに気が付いた。いつの間にか、座敷牢の格子戸が開いていたのだ。

朱葉が開けたのか？　中から開けることができるのだろうか？　そもそも、朱葉はどうやって座敷牢に入ったのだ？

などと考えているうちに、朱葉が懐から何かを取り出した。

それは――匕首(あいくち)だった。

匕首などを振り回したところで、浮雲と土方に勝てるはずがないことは、朱葉も分かっているはずだ。

――それなのになぜ？

答えはすぐに出た。朱葉は、浮雲たちとやり合おうとしていたわけではない。

匕首の切っ先を自らの喉元に突きつけた。

――自害する気だ！

「止めて下さい！」

八十八は、慌てて座敷牢の中に飛び込み、朱葉の腕を摑んだ。

「放して下さい」

朱葉は、八十八の手を振り払おうと暴れる。

「どうして、死のうとするのです？」

「私は、所詮は人形。道具に過ぎません。生きていようと、死んでいようと、何も変わらないのです」

「な、何てことを言うのです。あなたは、人形などではありません」

「私のことを、何も知らないくせに、偉そうなことを言わないで下さい。自分の意思がない人形など、どうなろうとあなたには、かかわりのないことです」

朱葉の言葉は、八十八の胸を深く抉った。

過去に何があったのかは知らないが、それでも、自分のことを人形などと口にするなんて、あまりに哀し過ぎる。

「こうやって、死のうとしているのは、あなたの意思ではないんですか？」

八十八の言葉に、朱葉の動きがぴたりと止まった。

「何を……」

「私は、朱葉さんのことを何も知りません。でも、それでも、朱葉さんを人形だなんて思いません」

「私は、あなたを辱(はずかし)めた女ですよ。どうして、助けようとするのです」

「そんなこと、私にも分かりません」

八十八が左右に首を振ると、朱葉は虚をつかれた表情を浮かべた。

そんな顔をされても困る。自分でも言った通り、どうしてこうも必死に朱葉の自害を止めようとしているのか分からないのだ。

朱葉が黒幕であったと知った今でも、不思議と怒りが湧いてこないのだから仕方ない。

「諦めろ。こいつは、そういう男だ」

そう言いながら、浮雲も座敷牢の中に入って来た。

しばらく、呆然(ぼうぜん)とした感じで浮雲と八十八を見ていた朱葉だったが、やがて匕首から手を放した。

死ぬなんて、馬鹿げた考えを捨ててくれたようだ。

「あなたたちは、甘いですね」

ほっとしたのも束の間、朱葉が急に冷たい顔をしながら言った。

――どういう意味だ？

考えている間に、座敷牢の戸がぱたりと閉まる。見ると、格子戸のところに男が立っていて、素早く外から錠をかけてしまった。

そこにいたのは、堀口家が雇った剣客、河上だった。

「あなたたちは、私の芝居に騙(だま)されたのです」

朱葉が言った。

十

――何ということだ。

これでは、暗殺を阻止しに行くどころか、外に出ることすらできない。

慌てふためく八十八に対して、浮雲は冷静だった。

「歳(とし)！」

座敷牢の外に向かって声をかける。

「分かっていますよ」

浮雲の呼びかけに応じた土方が、じりっと河上に詰め寄る。

そうだ。まだ土方がいた。土方が、河上を打ち倒してくれれば、この座敷牢から出ることができる。

だが――。

河上は、江戸随一と噂される剣豪という話だ。これまで相手にしてきた連中とは格が違うはずだ。

果たして、勝つことができるだろうか？

不安が頭を過ったが、今の八十八には、固唾を呑んで見守ることしかできなかった。

「お主を見たときから、一度手合わせしてみたいと思っていた」

河上が、嬉しそうに言いながら刀を引き抜いた。

その目を見て、八十八は悟った。この男は、伊織のように、己の心身を鍛える為に剣を振るっているのではない。人を斬り殺すことを生き甲斐としている。

己の快楽の為に、平気で他人の命を奪う――そういう男だ。

「同感ですよ。私も、あなたに会ったときから、その腐りきった性根を叩きのめしたいと思っておりました」

土方が、挑発するように言いながら、すうっと木刀を正眼に構える。

「一応、訊ねておこう。木刀でよいのか？」

「木刀で充分です」

「舐められたものだな」

河上が、苦笑いを浮かべながら刀を構える。

剣術には詳しくないが、力の抜けた自然な構えであるように見える。

「別に舐めているわけではありません。そこにいる男が、人を殺めると、色々とうるさいのでね」

土方が、ちらりと浮雲に目をやった。

その言葉は、裏を返せば、浮雲がいなければ、容赦なく斬り捨てる——と言っているようなものだ。

やはり、土方は得体が知れない。

「では、遠慮なく——」

河上が先に仕掛けた。

どんっと大きな踏み込みとともに、土方に向かって突きを繰り出す。

土方が半身になってそれを躱す。

が、すぐに河上は土方の首を斬りにかかる。

木刀でこれを捌くが、返す刀で胴を薙いでくる。

土方は、木刀を立てて防ぐが、それでも河上の連続攻撃は終わらない。身体を捻り、一回転しながら、今度は逆から首を狙ってくる。

土方は、大きく後方に飛び退きながら、何とかその斬撃を躱した。

いや、完全ではない。

刀が掠ったらしく、土方の左の上腕が、ぱっくりと割れ、血が流れ出していた。

息をも吐かせぬ素早い攻防だった。

互角——と言いたいところだが、今の攻防を見る限り、河上の方に分があるように思える。

「逃げてばかりでは、勝つことはできんぞ」

河上自身も、自分の方が上だと悟ったのか、小さく笑みを浮かべる。

「お喋りしている余裕があるのですか？」

土方は、来い——という風に目で挑発する。

「強がりを——」

河上が再び斬りかかる。

屋内であることを意識してか、細かく刀を振るう。土方は、何とか木刀で捌いているが、確実に追い詰められている。

河上は、勢い余って、梁に刀を激突させてしまった宗次郎とは違う。熟練した技を持っている。

このままでは、土方が斬られてしまう。何とかして加勢しなければ――と思うものの、座敷牢の中に閉じ込められていては、手も足も出せない。

そもそも、八十八などが出て行ったところで、邪魔にしかならない。しかし、浮雲なら違う。

目を向けると、浮雲は八十八と違い、平然とした顔で闘いを見守っていた。

「もっと手応えがあるかと思っていたが、口ほどにもないな」

河上が、嘲り（あざけ）を含んだ笑みを浮かべながら言った。

「まったく同感ですね」

土方が、同じように笑みを浮かべながら答える。

「何？」

「江戸随一の剣豪と聞いていたので、期待していたのですが――大したことありませんね。残念ですが、あなたにそれを名乗る資格はない」

「まだ強がるか！」

河上が突きを繰り出そうとしたが、途中で動きが止まった。

見ると、土方の木刀が河上の左の胴を薙いでいた。

いったい何時の間に――。

あまりの速さに、まったく見えなかった。

「強がりではありませんよ。真剣だったら、あなたは死んでます」

土方が、にっと笑みを浮かべた。

「ぐぬっ！」

悔しさを滲ませた河上は、一度距離を取ってから、再び土方の懐に飛び込むようにしながら、袈裟懸けに斬り付ける。

しかし、これも土方の身体を捉える前に動きが止まった。

土方の木刀が、河上の胸を抉っていたのだ。

これには、堪らず河上が膝を落とす。

「あなたでは、勝負になりません。大人しく、刀を引いて下さい」

土方が、蹲るようにしている河上に告げる。

「わ、分かった。私の負けだ。もう止めてくれ」

河上は、刀を畳の上に置き土下座する。こうなると、憐れとしか言い様がない。

土方も同じことを感じたのか、ふうっと息を吐いて木刀を下ろした。

が、次の瞬間、河上が懐から何かを取り出し、土方の顔に向かって投げつけた。

土方はすぐにそれを木刀で払う。

それと同時に、バンッと弾けるような音がして、黒い煙が舞った。

土方が堪らず目を押さえる。

河上は、これを好機と、畳の上の刀を引っ摑み、屈んだ姿勢のまま土方の脚に斬り付けた。

何とか立ってはいるものの、土方の両太ももからは、とくとくと血が流れ出ている。

「目眩（めくら）ましとは卑怯（ひきょう）な……」

土方が、舌打ち混じりに言う。

「何とでも言え。要は、勝てばいいんだよ」

河上が、けらけらと声を上げて笑った。

目眩ましなどを持ち歩いているのだから、そうした手段を講じて勝つことが、常だったのかもしれない。

そんな汚い手を使って得た、江戸随一の呼び名など、ただの見せかけだけの偽物に過ぎない。

腹立たしくはあったが、八十八には何もできない。土方も、目が見えず、両脚を斬られた状態では、反撃もままならないだろう。

「残念だが、お前には死んでもらうぞ。私が卑怯な手を使ったなど、吹聴（ふいちょう）されても困るからな」

河上が、すうっと刀を八双（はっそう）に構える。

今の言い様。やはり、これまでも、同じように卑怯な手を使い勝負に勝ってきたのだろう。相手を殺すことで、その口を封じてきたというわけだ。

「本当に救いようのない男ですね」

土方が、怒りを滲ませた声で言う。

「何とでも言え。どうせ、お前は死ぬんだ」

河上は、「えいっ！」というかけ声とともに、土方に斬りかかった。

だが——。

その動きは、途中で止まった。

見ると、土方の木刀の先が、河上の右目に突き刺さっていた。

「視力を奪ったくらいで、調子に乗って真正面から来るとは——貴様は阿呆だな」

土方が、ぐいっと木刀を押し込む。

河上は「ぐぎゃぁ！」と悲鳴を上げると、刀を落として倒れ込んだ。そのまま、右目を押さえてのたうち回る。

「さて。どうしてくれようか——」

土方は、目を擦りながら河上に歩み寄る。

「た、頼む。助けてくれ」

河上が、はっとなり土方に目を向けて懇願する。

「駄目だ」

土方は、短く言うと木刀を振り上げた。

「歳！　殺すな！」

浮雲の叫びもむなしく、土方の木刀が振り下ろされる。

殺してしまったのだろうか？　いや、そうではない。土方の木刀は、河上の脳天ではなく、顔のすぐ横に振り下ろされていた。

木刀の直撃は免れたものの、河上は恐怖の為か、失神してしまっていた。

「見えないせいで、手許が狂った」

浮雲の声に反応して、殺すのを躊躇ったのか、本当に手許が狂っただけなのか、八十八には判断できなかった。

ただ、土方が恐ろしい男であることに間違いはない。

八十八が半ば呆けている間に、浮雲が格子戸の隙間から手を伸ばし、近くに倒れている河上から鍵を奪う。

そのまま、器用に腕を動かして解錠し、格子戸を開けた。

これで、ようやく解放される。

八十八は、浮雲と一緒に座敷牢を出た。

浮雲は、すぐに土方に歩み寄り、傷の具合を確かめる。

「結構深いな。すぐに医者に行け」

浮雲は、土方の脚にさらしを巻いて、血止めをしながら言う。

「そうさせてもらいます。これでは足手まといですからね」

土方が、苦笑いを浮かべる。

この先に、何が待ち受けているのか分からない。土方がいてくれた方が心強いのだが、この状態では致し方ないだろう。

「これで仕舞いだな」

浮雲は、そう言いながら、改めて座敷牢の中の朱葉に向き直った。

「そのようですね。私にはもう策がありません」

朱葉は、表情を変えることなく言った。

「だったら、そろそろ話したらどうだ。お前を操っているのは誰だ？」

浮雲の問いに、八十八は困惑した。

「そ、それはどういうことですか？」

「どうもこうもねぇ。さっきから、この女自身が言っていただろ。自分は人形だ——と。つまり、この女を操っている奴が、他にいるということだ」

「そ、そんな……」

愕然とした八十八ではあったが、改めて考えると、思い当たる節はたくさんあった。

自分を人形と称していたこともそうだし、自分を卑下するような言葉。それに、時折見せる哀しげな目――。

それらは全て、自分の意思とはかかわりなく、動かされていた為だったのではないか？

「すみません……」

八十八は、自分でも意識することなく、頭を下げていた。

朱葉が怪訝な表情を浮かべる。

「八十八さんは、なぜ謝っているのですか？」

「朱葉さんは、苦しんでいたんですね。そのことに、もっと早く気付いていれば、こんなことには……」

どうして分かってやれなかったのだろう？

朱葉は、ずっと助けを求めていたような気がする。本当は、こんなことをしたくはない――と。

だが、その苦しみを汲み取ることができなかった。

「何を言っているのです？　私は、あなたたちを殺そうとしたのですよ。私が憎くはないのですか？」

「それは、朱葉さんがそうしようとして、やったわけではありません」

「なっ！」

朱葉は、大きく目を見開く。

「憎むべきは、朱葉さんに、こんなことをさせた人です」

「違います」

「違いませんよ。もし、本当に、私たちを殺そうとしたのなら、どうして神社でそうしなかったのですか？」

あのとき朱葉は、河上の気を引き、八十八たちを逃がしてくれた。

「あれは……堀口家から、逃げ回っていてくれた方が、邪魔されずに済むと思ったからです」

いつも凜としていた朱葉の声が、どこか弱々しく聞こえた。

だが、その言葉を聞き、八十八はすっと胸が軽くなった気がした。

「逃がすように指示されたわけではない――ということですよね」

「………」

返事がないことが、肯定を意味していた。

朱葉は、やはりこんなことは望んでいなかった。だから、八十八たちを逃がそうとしたのだ。

「つまり、あれは、朱葉さんの意思だったんです。朱葉さんは、やはり人形なんかじゃありません」

八十八の言葉に、朱葉は分からないという風に頭を振った。

そして、そのまま押し黙ってしまった。

「朱葉さん。黒幕は、いったい誰なんです？」

問い掛ける八十八を制したのは、浮雲だった。

「もういい。どうせ、もう喋らん。それより、行くぞ——」

浮雲は、そう言うと座敷牢に背を向けた。

「本当にいいのですか？」

八十八は、慌てて問い掛ける。

「ああ。行けば、自ずと黒幕の正体も分かるだろうよ」

浮雲は、そう言って歩き出した。

八十八も、そのあとを追いかけたが、途中で足を止めて座敷牢を振り返った。

朱葉は、あのままでいいのだろうか？　と不安に思ったからだ。だが、それはすぐに打ち消された。

がっくりと肩を落とし、項垂れる朱葉には、もう何かをする気力が残っていないように思えた。

十一

八十八は、浮雲とともに夜の道を歩いていた——。

向かうは『嶋村』という料亭だ。

堀口家の当主である義太郎と井伊直弼が会食をしているはずだ。義太郎は、自らに暗示がかけられていることを知らない。

このままだと、会食の席で井伊直弼を斬り殺すことになる。

何とかして、それを阻止しなければならない。政のことは、八十八には分からないし、この国の為——などという大それた考えもない。

そもそも、井伊直弼が斬られたところで、この国がどう変わるかも分からない。

ただ、暗殺を知りながら、何もしないでいることなどできない。それに、ここまで振り回されて、やられっぱなしというのも、どうにも納得できない。

いや、それだけではない。

浮雲の話から察するに、この先、朱葉を操っていた黒幕——おそらくは、狩野遊山が立ちはだかることになるだろう。

他人の心を弄ぶような輩(やから)は、どうしても許せない。

「うじゃうじゃといやがる」

嶋村の前まで来たところで、浮雲が吐き捨てるように言った。

見ると、店の前に、武士らしき男たちが、十人ほどたむろしていた。おそらくは、井伊直弼の護衛の者たちだろう。

両眼を赤い布で覆い、金剛杖を突きながら歩く、白い着物の男――目立つ上に、怪しいことこの上ない。

案の定、武士たちが鋭い視線を向けてくる。

それでも、浮雲は立ち止まることなく、料亭の中に入って行こうとする。

「おい。何処に行くつもりだ」

武士の一人が、浮雲の行く手を塞ぎながら声を上げる。

他の武士たちも、すかさず歩み寄って来る。

「悪いが、ここを通してもらう」

浮雲が墨で描かれた眼で、武士たちを睨み付ける。しかし、仮にも大名の護衛だ。その程度で怯むはずもない。

「なぜだ？」

武士が問う。

「いいから通せ。お前らの主人が、死ぬかもしれんのだぞ」

浮雲は凄んでみせたが、かえって不審を抱かせた。

武士たちは、一気に緊張を高めると、浮雲と八十八を取り囲んだ。

「さては、貴様らは主の命を狙う者だな」

「いや、違います。私たちは助けようと……」

八十八は、慌てて口にしたが、もはや聞く耳持たずといった感じで、武士たちは刀の柄に手をかける。

「仕方ねぇ。押し通る——」

浮雲が、金剛杖を構える。

それに応えるように、十人ほどの武士たちが、一斉に刀を抜いた。

——冗談ではない。

いくら浮雲が強いといっても、これだけの人数の武士を相手にするのは、さすがに無理がある。

しかも、浪人風情とは訳が違う。護衛ともなれば、剣術の腕も並ではないはずだ。

武士の一人が、正眼の構えから、袈裟懸けに斬り付けて来た。

浮雲が、金剛杖でそれを捌こうとした。

と、次の瞬間、浮雲に斬りかかった武士の動きがぴたりと止まった。

——何が起きたんだ？

目をやると、武士の背後に、熊のように大柄な体軀（たいく）の男が立っていて、がっちりと襟首を摑んでいた。

そして、そのまま武士をぶんっと放り投げてしまう。

投げられた武士は、一間（いっけん）ほど宙を舞ったあと、地面に落下してごろごろと転がった。

凄（すさ）まじいまでの豪腕――。

近藤勇だった。

ずいっと近藤が歩み出る。その圧倒的な迫力に、武士たちは一様に息を呑んでいる。

「歳三（としぞう）から話は聞いている。ここは、我らが引き受けよう」

「ほら。さっさと行きなよ」

からからと笑う幼い声がした。

見ると、近藤の隣には、宗次郎の姿もあった。

近藤と宗次郎。助っ人としては、この上ない組み合わせだ。

「任せた」

浮雲は、そう応じると料亭の中に入って行った。八十八も、すぐにそのあとを追いかける。

武士たちは、慌てて止めに入ろうとしたが、それを近藤と宗次郎が阻んだ。

「邪魔だてするか！」

武士の一人が、近藤に斬りかかる。

近藤は、流れるような動きでもって木刀でそれを捌くと、返す刀で武士の胴を薙いだ。

――なんと！

ただ豪腕なだけではなかったようだ。見とれるほど美しい技も近藤は併せ持っている。

別の武士が、背後から近藤に斬りかかろうとしたが、宗次郎がそれを許さなかった。

木刀で武士の手首をへし折り、そのまま喉元に突きを入れる。

武士は、悶絶してその場に倒れ込む。

「さあ。早く行きなさい」

近藤が促す。

八十八は、料亭に入る前に近藤と宗次郎に声をかけた。

「どうかご無事で」

近藤は、にっと笑い、宗次郎は「誰に向かって言ってんだよ」と軽口を叩いてみせた。

八十八が案ずるまでもなく、二人なら問題ないだろう。

気持ちを切り替えて、歩みを進める。

奇妙なことに、料亭内には女中たちの姿が見えなかった。まるで、人ばらいをしたかのように閑散としている。

嫌な予感が、じりじりと這い上がってくる。

「ほう。こちらにいらっしゃったということは、朱葉は失敗したようですな――」

廊下を歩いていると、どこからともなく声がした。

八十八は、慌てて辺りを見回す。

「何処を見ていらっしゃるのです？　こちらですよ――」

再び声がした。

いつの間にか、廊下の先に、一人の男が立っていた。

顔には翁（おきな）の面を被り、胸の前で人形を抱えた男だった――。

「あなたは誰です？」

八十八が問うと、男はゆっくりと翁の面を外した。

「おや。私のことを、忘れてしまったのですか？」

痩せ細り、ぎょろっとした目の男――確かに、この顔には見覚えがあった。

最初に、堀口家に集められた霊媒師の中の一人、傀儡師の男だ。

「あなたは、死んだはずでは？」

人形に脇差を隠し、浩太朗の暗殺を目論んだが、浮雲に看破され逃亡を図ったところ、何者かが放った棒手裏剣の一種で首を斬られ、川に転落した。

それなのに――。

「あれはね、死んだと見せかける為の芝居ですよ」

男は、にたにたと不気味な笑みを浮かべながら言う。

「ど、どうしてそんなことを……」

「死んだと思わせた方が、何かと都合がいいからですよ。それに、あの一件で、朱葉は堀口家の信頼を勝ち取ることができたというわけです」

傀儡師は、けたけたと不快な笑い声を上げた。

そうか——と今さらのように納得した。おそらく、浩太朗暗殺に失敗したのではなく、最初からそうなるように仕向けられていたのだろう。

「何者だ？」

浮雲が、八十八を押しのけるようにして、ずいっと前に出る。

「毒蟲の通り名で呪術師をしております。以後、お見知りおきを」

毒蟲と名乗った男は、かっかっかっと奇っ怪な笑い声を上げる。

初めて見たときも思ったが、本人の口はほとんど動かないのに、人形の口がカタカタと動くので、どちらが喋っているのか分からない。

「毒蟲ねぇ。趣味の悪い名だ」

「浮雲という名も、あまり趣味がいいとは言えませんよ」

「黙れ。外道が」

「ずいぶんな言われようですな。しかし、私を外道と呼ぶのは、少しお門違いかと……」

「何？」

「私は仕事を請け負っただけです。外道と罵るなら、私ではなく、仕事を依頼した連中ではありませんか？」

「御託を……」

「真理ですよ」

「黙れ。たった一人を殺す為に、ずいぶんと手の込んだことをしやがって」

浮雲が墨で描かれた眼で、毒蟲を睨み付ける。

「私は、武士ではありません。傀儡師には、傀儡師のやり方というのがあるのですよ。それに、依頼人からは、あなたの心を壊すようにも仰せつかっていましたからね。普通の方法では、なかなか難しかったんですよ」

毒蟲は、くっくっくっ、と声を押し殺すようにして笑った。

「だからって、朱葉さんを利用して、こんなことを仕組むなんて……」

八十八が口にすると、毒蟲の顔から笑みが消えた。

「あなたは、何を言っているのです？　あれは——朱葉は、人形なのです。思うように動かして、何が悪いのですか？」

悪びれた様子もない、その言い様が腹立たしかった。

「何て酷いことを……」

「別に酷くはありませんよ。元々、あの女は死ぬ運命にあったんです。それを救ってやったのが、私なんですよ。どう使おうと、私の勝手でしょう」

「いくら師匠だからって、弟子をそんな風に扱うなんてあんまりです」

朱葉は、師匠に拾われたと言っていた。そして、その師匠に除霊の方法と生きる術を叩き込まれた——と。

つまり、この男が、朱葉の師匠なのだろう。死んだと口にしていたが、それは言葉の綾だったということだ。

「ふむ。それは少し違いますね」

毒蟲は、顎に手をやる。

「え？」

「朱葉の師匠は、私ではありません。渡り巫女だったんですよ。でも、ある事件があって、濡れ衣を着せられて処刑された——」

「…………」

朱葉も、同じ話をしていた。

言葉の綾ではなく、真実だったということのようだ。だが、だとしたら、この毒蟲と朱葉は、いったいどういう関係なのか——それが分からない。

「私はね、師匠を失い、路頭に迷った朱葉を拾ってやったんですよ。もちろん、私の仕掛けに使う人形の一つとしてね」

「なっ……」

　最初から、人形として扱うなんて、あまりに残酷で人の道を外れた行いだ。

「朱葉は、人形としてとても優れていた。素直なのですよ。だから、簡単に信じてしまう。そういう者こそ、人形にしやすい」

「…………」

「本当は、朱葉の師匠を陥れたのは、私の仕掛けなんですけどね。朱葉は、それが狩野遊山の手によるものだという私の嘘を、簡単に受け容れてしまった」

「何て酷い嘘を……」

「嘘に、酷いもへったくれもありません。そもそも、信じる方が悪いのです。いや、違いますね」

「…………」

「朱葉は、自分で自分の心を塞いだのです。だから、何が真実でも良かったのです。ただ、拠り所があれば、それで――」

　人の弱みにつけ込み、それを利用するとは、最低な男だ。

　腹の底が、かっと熱くなった。この男は、絶対に許してはいけない。その強い想いが、湧き上がってきた。

「あなたという人は……」

叫ぼうとした八十八を、浮雲が制した。

「八は、下がっていろ。この男は、おれがやる」

浮雲はするすると両眼を覆っていた赤い布を外し、緋色の双眸で毒蟲を睨み付けた。

毒蟲は、その様を見て、感心したように「ほう」と声を上げる。

「あなたのような高貴な生まれの方でも、そのような目付きをなさるのですね——。いいでしょう。お相手を致しましょう」

静かに言ったあと、毒蟲は人形の身体の中から、小太刀を取り出した。

左手で人形を前に突き出し、右手に小太刀を構える。実に奇妙な恰好ではあったが、異様な気を放ち、隙が感じられなかった。

浮雲も、見合ったまま動けないでいる。

「どうしたのです？　来ないのですか？　では、私から……」

毒蟲が、だんっと床を踏む。

速い——。

気付いたときには浮雲の懐に入り込み、小太刀で斬り付けていた。

浮雲は、咄嗟に金剛杖で防ごうとしたが、狭い屋内ではその長さが災いした。金剛杖が柱に引っかかってしまう。

浮雲は、右腕を斬り付けられてしまった。

ひたひたと血が滴り落ちる。

「ご安心下さい。あなたを、殺したりはしません。依頼人から、くれぐれもと、念を押されていますからね——」

毒蟲が、かっかっかっかっと声を上げて笑う。

いや、実際に笑ったのは、人形の方だったかもしれない。

「そんな悠長なことを、言っていていいのか？」

浮雲は、金剛杖を持ち替え、毒蟲に向かって素早く突きを繰り出す。

狭い場所では有効な方法だが、毒蟲は難なくそれを躱すと、左手に持っていた人形をずいっと前に突き出した。

人形の口がぱかっと開いたかと思うと、浮雲の顔めがけて黒い霧のようなものを噴出した。

——あれは何だ？

「き、貴様……」

苦々しく言ったあと、浮雲の身体が硬直して、ぴくりとも動かなくなった。

「痺れ薬です。ちなみに、こっちの小太刀にも、少量ではありますが毒が塗ってあります。これであなたは、しばらく動くことができません。私が、毒蟲と名乗ったときに、警戒しておくべきでしたね」

毒蟲は得意気に言うと、かっかっかっと笑った。

「………」

「これで、井伊直弼は暗殺される。あなたは防げなかったんです。その上、目の前で大事な友人が殺されるのを見たら、あなたはどうなるのでしょうね？」

毒蟲は、浮雲の耳許で囁いたあと、視線を八十八に向け、にたっと笑った。

「ふざけるな……」

浮雲が、絞り出すように言う。

それを嘲るように、毒蟲が八十八に近付いて来た。

毒蟲の身体から、黒くて禍々（まがまが）しい瘴気が立ち上っているようだった。この男は、人の心を弄ぶことを心底楽しんでいるに違いない。

「あなたには、何の恨みもありませんが、ここで死んで頂きます」

毒蟲が、小太刀を振り上げる。

小太刀の切っ先が、光を放ちながら、八十八の胸に振り下ろされる。

——ここまでか。

そう思った矢先、何かが八十八の前に飛び込んで来た。

「え？」

目を向けると、八十八の前に、いつの間にか朱葉の姿があった。

毒蟲の振り下ろした小太刀は、八十八ではなく、朱葉の胸に深く突き刺さっていた。

「人形風情が、余計なことを……」

毒蟲が、苦々しく言いながら小太刀を引き抜いた。

それと同時に、朱葉の胸から鮮血が噴き上がり、天井を濡らした。

力を失った朱葉は、ぐらっと八十八の方に倒れ込んで来る。

「ど、どうしてこんなことを……」

八十八は、朱葉を抱き留めながら声を上げる。

「どうしてでしょう……私にも、よく分かりません……でも、これは、私の意思でしたことです……」

朱葉は、胸を血で濡らしながら喘ぐように言った。

小刻みに朱葉の身体が震えている。

「朱葉さん」

「私は……」

何かを言おうと、口を動かした朱葉だったが、結局、言葉は出てこなかった。

目から光が失われ、八十八の腕の中で、静かに事切れた。

「朱葉さん！」

八十八は、朱葉の細い身体を強く抱き締めながら声を上げた。

そんなことをしたところで、朱葉はもう戻ってこない。それが、分かっているからこそ、余計に毒蟲のことが許せなかった。

八十八は、朱葉をそっと寝かせてやると、立ち上がり、毒蟲を見据えた。

「何です、その目は？　人形風情に、恋でもしましたかな？」

毒蟲の嘲りは、八十八の中にある怒りを増大させた。

「許せない……」

「いくら怒ったところで無駄ですよ。あなたは、私に殺されるのです」

そうかもしれない。

八十八などが、いくら足掻いたところで、毒蟲に勝てるはずもない。それでも、このまま退き下がったのでは、朱葉が浮かばれない。

「どいてろ。阿呆が」

ドンッと誰かに突き飛ばされた。

見ると、浮雲だった。

毒薬で麻痺(まひ)していたはずなのに、このわずかな時間で、もう回復してしまうとは、驚く他ない。

「あとは、おれがやる」

そう言って、浮雲は金剛杖を構えた。

だが──。

毒薬は、まだ効いているらしく、動きがぎこちない。おまけに、額には大量の汗が浮かんでいる。

こんな状態では、とてもじゃないが、毒蟲と立ち合うことなどできない。

「どうやら、あなたは死にたがっているようですね。では、依頼に反することになりますが、その願いを叶えてあげましょう」

毒蟲が、人形を捨てた。

それだけではなく、小太刀をもう一本抜いて二刀で構えた。

独特の構えではあるが、そこから発せられる覇気は、これまでの比ではなかった。

毒蟲が、だんっと床を蹴り、突進して来る。

左右の小太刀を絶え間なく振るう連続攻撃を、浮雲は金剛杖で何とか捌く。が、それも長続きはせず、やがて尻餅をついてしまった。

「これで、終わりですね」

傀儡師が、尻餅をついた浮雲の眼前に、小太刀の切っ先を突きつける。

──止めに入らなければ。

駆け出そうとした八十八だったが、それより先に、飛び込んで来る人影があった。

ぼろぼろの法衣に、深編笠を被った男——狩野遊山だった。

「手こずっているようですね」

狩野遊山は、深編笠を外し、にたっと笑った。

「ど、どうしてあなたが……」

八十八は、驚きのあまり声を上げる。

「簡単な話です。今、井伊直弼に死なれると、困る人たちがいるんですよ」

狩野遊山は、そう言いながら刀を抜いた。

「余計な邪魔を……」

傀儡師は、苦い顔で言う。

「余計なのは、あなたの方です。この男を陥れ、混乱させる為とはいえ、まるで私が黒幕であるかのように、妙な絵を残したりしたでしょ」

——そうだったのか。

あの絵は、狩野遊山の作ではなく、そう思わせる為のものだったのか。

「不満ですか?」

「ええ。不満ですね。あなたのやり方は、美しくない」

「仕事に美を持ち込むとは、いかにも絵師らしい。傀儡師には、分からんね」

「ずいぶんと偉そうですね。あなたは傀儡師を気取ってはいますが、所詮は他人の威を借りた道化に過ぎません。やり口も、他人の真似事です」

「何を……」

「言うなれば、あなたは中身のない張りぼて。人形に過ぎません」

「貴様！」

人形呼ばわりされたことに逆上したらしく、毒蟲は一気に狩野遊山に斬りかかった。

狩野遊山は、流れるような動きでそれを躱す。

「よく躱しましたね。さすがです」

毒蟲がにたりと笑う。

「この程度で、粋がらない方がいいですよ」

一方の狩野遊山も余裕の態度だ。

「そうかもしれませんね。このままやり合ったら、私の負けでしょうね」

毒蟲が、あっさりと負けを認めた。

そのまま退くかと思ったが、そうではなかった。懐の中から小瓶を取り出すと、二刀の小太刀の刃に中の液体をかけていく。

液体を浴び、二刀の小太刀が赤黒く変色したように見えた。

「毒を塗ったか」

狩野遊山が、表情一つ変えることなく言う。

「ええ。さっきまでの痺れ薬とは違います。即効性の強い毒です。掠っただけでも、あなたは、命を落とすことになります」

毒蟲は小瓶を捨て、改めて二刀の小太刀を構えた。

「毒蟲とはよく言ったものですね」

「私のことを、人形呼ばわりしたことを、後悔させてあげます」

だんっと床を蹴り、毒蟲が狩野遊山に斬りかかる。

狩野遊山も退くことなく、毒蟲に向かって突進する。

二人の身体が交錯した。

「よく、今のを躱しましたね。しかし、いつまで躱し続けられ……」

毒蟲が途中で言葉を失った。

それもそのはず、毒蟲の腹がばっくりと裂け、びゅっと血が流れ出ていた。そればかりか、開いた傷口からぼとっと腸が零れ出る。

毒蟲は、驚愕の表情を浮かべたままばたりと倒れると、そのまま動かなくなった。

まったく見えなかったが、交錯した一瞬で、狩野遊山は、毒蟲の腹を切り裂いてしまっていたのだろう。

「てめぇ……」

浮雲が、狩野遊山を睨み付ける。

「おやおや。せっかく助けてあげたというのに、その言い様は何です？」

「お前なんぞに助けられるくらいなら、いっそ死んだ方がマシだ」

浮雲の言葉に、狩野遊山がふっと笑みを零した。

「あなたは、まだ死ねませんよ」

「………」

「それと、あなたたちが、上手く時間を稼いでくれたお陰で、井伊直弼の暗殺は未然に防ぐことができました。堀口様も無事です。お互い、酒に酔って眠りこけていた——と思っていることでしょう」

詳しいことは分からないが、狩野遊山は、今回、毒蟲の謀りを阻止することが目的であったらしい。

そして、八十八たちは、狩野遊山が事を防ぐ為の時間稼ぎとして利用されたということのようだ。

「今日は、これで失礼します。また、近いうちに——」

狩野遊山は、悠々とした足取りで歩き去って行った。

浮雲は、ゆらゆらと立ち上がり、狩野遊山の歩き去った方を睨んでいた。

八十八は、半ば呆然としながらも、倒れている朱葉の骸の傍らに座り、その顔をじっと見つめた。

朱葉は、どういうわけか、薄らと笑みを浮かべていた。

生きているときは、人形のようであったのに、骸となった朱葉の顔は、どこか活き活きとしていた。

死に際に、自らの呪縛を断ち切ったのだと信じたい。そうでなければ、あまりに哀し過ぎる。

自然と、八十八の頰を涙が伝った――。

その後

八十八(やそはち)は、手を合わせて黙禱(もくとう)した――。

自然と事件のことが、頭の中を過(よぎ)った。

狩野遊山(かのうゆうざん)が言ったように、井伊直弼(いいなおすけ)の暗殺は未遂に終わり、堀口義太郎(ほりぐちぎたろう)と田所(たどころ)にかけられていた暗示は解かれた。

此度(こたび)の一件が、井伊直弼を暗殺する為(ため)の謀(たばか)りだと気付いた浮雲(うきくも)たちが、毒蟲(どくむし)と朱葉(あげは)の行動を阻止した――ということになっている。

事実とは少し異なるが、近藤(こんどう)や宗次郎(そうじろう)が、井伊直弼の護衛を打ち倒してしまったことを考えると、そうしておいた方が都合がいい部分もある。

何より、八十八が浩太朗(こうたろう)に斬りかかった一件は、毒蟲と朱葉によって暗示をかけられたということで、不問となったのだ。

とやかく言える立場ではない。

それでも――。

やはり、その犠牲は大きかったと思う。

此度の一件では、あまりに多くの人が命を落とすこととなった。

しばらくしてから、ゆっくりと目を開ける。土がこんもりと膨らんでいて、その上に、板で作った卒塔婆が立てられている。

妙法寺の墓地の片隅――彼岸花が群生している辺りだ。

この土の下に眠っているのは朱葉だ。

結局、朱葉の素性は、分からないままだった。その出身地すら分からなかった。

無縁仏として、まとめて葬られることになるはずだったが、それではあまりに不憫だと、菩提寺である妙法寺の道斉に懇願し、こうして寺の一角に埋葬してもらった。

「結局、朱葉さんは、何者だったのでしょう？」

八十八は、ふと頭に浮かんだ疑問を口にした。

「さあな」

隣に立っていた浮雲が、呟くように言った。

その声が、八十八には虚しく響いた。

自分を人形だと口にした女――そこに至るには、八十八など想像することもできないほどの過酷な生い立ちと、苦しみがあったはずだが、もはやそれを知ることさえできない。

「ただ、あの女は、最後に自分の道を歩んだ……」

浮雲が、ふっと空を見上げながら言った。

今は、赤い布で覆われているが、その緋色の双眸には、何が映っているのだろう？

単に青い空ということではないような気がした。

「そうだといいんですが……」

「そうだったからこそ、最後に、お前を庇ったんだ」

「でも、そのせいで、命を落とすことになってしまいました……」

そのことが悔やまれる。

朱葉は、八十八を救う為に死んだのだ。

「きっとあの女は、お前を守ろうとしたんじゃねぇよ」

「え？」

「生きた証を残そうとしたんだと思う。自分が、人形などではなく、一人の人間として生きた証を――」

「そうでしょうか？」

「まあ、確かめる術はねぇけどな」

浮雲が、苦笑いを浮かべた。

「そうですね」

残念ながら、浮雲の言う通り、朱葉がどう考え、なぜあのような行動をとったのかを確かめる術は——もうない。

「さて、行くか」

立ち去ろうとした浮雲だったが、八十八はそれを呼び止めた。

浮雲は「何だ？」と面倒臭そうに、がりがりとぼさぼさの頭をかき回す。

「朱葉さんのこともですが、他にも分からないことがあります」

「分からないこと？」

「はい。狩野遊山は、結局、今回の事件には、関与していなかったということですか？」

八十八の問いに、浮雲は渋い顔をした。

「関与はしていた」

「でも……」

「目的が違ったのさ」

「目的——ですか？」

「そうだ。あの男自身も言っていたが、狩野遊山は、井伊直弼が暗殺されては困ると考えていたんだ」

「はい」

確かに、そんなようなことを言っていた。

「狩野遊山は、毒蟲たちが、堀口家の人間を使って、井伊直弼を暗殺しようとしているという情報を摑んだ。そこで、あれこれと邪魔をしていたというわけだ」

「邪魔――ですか」

「ああ。おそらく、道雲とかいう山伏を送り込んだのは、狩野遊山だ」

「そ、そうなんですか？　でも、だとしたら、どうして浩太朗様を拐かしたりしたんですか？」

それが分からない。

「浩太朗も、暗示にかかっていたんだ」

「あっ！」

――そうだった。

浩太朗は、幽霊に憑依されているだけでなく、暗示をかけられていた。

「それに、嫡男が拐かされたとあっては、堀口家も井伊直弼に謁見している場合ではないからな」

「なるほど――」

「そうやって、毒蟲たちの謀りを邪魔していたのさ」

「では、霊媒師の中に、暗殺者がいる——という矢文を堀口家に放ったのも、狩野遊山なのですね」

八十八が言うと、浮雲はふうっと短く息を吐いた。

「それは、毒蟲たちの仕業だ」

「なぜです？　そんな矢文を送れば、自分たちの謀りが明らかになるではありませんか」

「分かってねぇな。奴らが暗殺したかったのは、浩太朗ではなく井伊直弼だ」

「そうでしたね……」

言われてみれば、その通りだ。

毒蟲たちは、浩太朗を暗殺しようとしていたわけではない。あの一件は、あくまで井伊直弼を暗殺する為の布石だった。

さらに、毒蟲自身が言っていたように、あの一件で自分が死んだと見せかけることで、暗躍することができたのだ。

と、ここでもう一つ、八十八の中に疑問が浮かんだ。

「狩野遊山は、どうして私を殺そうとしたのですか？」

もし、狩野遊山が、毒蟲たちの邪魔をすることが目的だったとしたら、二度に亘って八十八を殺そうとした理由が分からない。

「あれは、警告さ」

「警告――ですか？」

八十八は、首を傾げる。

「そうだ。今回、毒蟲は、狩野遊山の影をちらつかせた。そうすることで、疑いの目をそらしていた」

「そうでしたね……」

八十八自身、それにまんまと引っかかっていた口だ。

残された絵を見る度に、狩野遊山を連想し、その影に怯えていたところがある。

「あの男は、それを知っていたからこそ、今回の謀りが自分のものではないと、おれたちに気付かせようとしていたというわけだ」

言われて納得する部分がある。

今になって思えば、狩野遊山は、本気で八十八を殺そうとはしていなかったような気がする。

それが証拠に、土方や宗次郎、そして近藤の登場を待ち構えていたような節がある。

「でも、そうだったのだとしたら、直接そう言えばいいのでは？」

あのような回りくどいことをする必要は、なかったように感じられる。

だが、浮雲の考えは違うらしい。

「あの男は、そういう男なんだよ」

そう言った浮雲の言葉には、妙な説得力があった。

この前、浮雲は狩野遊山のことを「友だった――」と言っていた。お互いに、通じ合っているからこそ、出てくる言葉であるような気がする。

同時に、そういう二人の関係だったからこそ、狩野遊山は直接ではなく、八十八を襲うという方法で、浮雲に事件の真相を気付かせようとしたのかもしれない。

浮雲と狩野遊山――二人は、いったいどういう道を歩んで来たのだろう？　そして、友であったはずの二人が、どんな経緯で仲違いをしたのだろう？

それだけではない。浮雲の出自とは、いったいどういうものなのだろう？

政から逃れることのできない、高貴な出自とは、いったいどんなものなのか？　八十八には想像もできなかった。

そもそも、そんな高貴な人間が、廃墟となった神社を根城にしている理由が分からない。

「お前は――」

八十八の考えを遮るように、浮雲が言った。

浮雲は、両眼を覆った赤い布をはらりと外し、緋色に染まった双眸で、じっと卒塔婆を凝視する。

——何かあるのか？

八十八も釣られて目を向けたが、何ら変わったものは見えなかった。

だが、浮雲は違う。

八十八とは、違う世界が見えている。

しばらく、じっと佇んでいた浮雲だったが、やがて「そうか。分かった。伝えておく——」と呟いた。

その口許には、僅かに笑みが浮かんでいた。

「何かあったのですか？」

八十八が訊ねると、浮雲はふっと視線を空に向けた。

「朱葉だ」

「朱葉さん——」

朱葉はもう死んだ——と言おうとしたが、すぐに思い直した。浮雲には、死者の魂が見えているのだ。

きっと、朱葉の幽霊が見えていたのだろう。

「何か言っていましたか？」

「八に、ありがとう——と伝えてくれと」

浮雲の言葉を聞き、じわっと目頭が熱くなった。

どうして、朱葉は自分などに礼を言うのだろう。八十八は、何もしていない。できなかった。

むしろ、命を救ってもらったのだ。

感謝をすべきは、むしろ八十八の方なのに――。

「私は何もしていません」

我慢しようと思っていたが、思わず涙が零れた。

「そういうところだ」

浮雲が、八十八の頭にぽんっと手を置いた。

「え？」

「みな自分のことが一番大事なのさ。だが、八は自分のことより、他人のことを考えちまう。そういう優しさが、朱葉を救ったんだ」

「私は、救ってなどいません……」

「いや、救ったさ。朱葉は、最後の最後に、自分を縛る糸を断ち切り、人形ではなく人として死んだんだ」

正直、浮雲の言葉は全然腑に落ちなかった。

自分が、朱葉を救えたとは思えない。もっと、自分にできることがあったはずだと、後悔ばかりが押し寄せる。

「悔やむな。八は、八のままでいい」

浮雲が、そう告げる。

やはり八十八には、分からなかった。

ただ、ここで泣いていたところで、何も変わらないのは事実だ。救ってもらった命だ。真っ直ぐ生きることこそが、せめてもの弔いなのかもしれない。

八十八は、ごしごしと着物の袖で涙を拭い、洟を啜ってから、改めて朱葉の墓に目を向けた。

季節外れの揚羽蝶が一羽、彼岸花の上をひらひらと舞っていた。

八十八には、それが舞を舞う朱葉であるように思えた。

そうだ——。

朱葉の絵を描こう。

人形としての朱葉ではなく、心の赴くままに、自由に舞を舞う朱葉の絵を——。

「行くぞ」

浮雲が、墓に背を向けて歩き出した。

「行くって、どこにですか？」

八十八が問うと、浮雲は振り返り、いかにも嫌そうな顔をした。

「阿呆が。堀口家の坊ちゃんには、まだ幽霊が憑依しているだろうが――」

「あっ！」

言われて思い出した。

井伊直弼の暗殺騒動のせいで失念していたが、浩太朗には、まだ幽霊が憑依したままになっている。

やはり、口では何だかんだ言いながら、困っている人を放っておけない。

浮雲の素性が、どういうものかは分からないし、八十八に出会うまで、どんな人生を歩んで来たのかも不明だ。

知りたい気持ちはあるが、知ったところで、今の浮雲が変わるわけではない。

「はい」

八十八は、そう応じると、浮雲とともに歩みを進める。

途中、一度振り返る。

目の錯覚かもしれないが、墓の前で微笑んでいる朱葉の姿が見えた気がした――。

天然理心流心武館館長、大塚篤氏には
取材に全面的に協力いただき、大変お世話になりました。
この場を借りて、お礼を申し上げます。

神永学

初出誌「小説すばる」

「除霊の理」二〇一八年三月号
「蠱毒の理」二〇一八年六月号
「能面の理」二〇一八年九月号（「傀儡の理　前編」を改題）
「呪術の理」二〇一八年十二月号（「傀儡の理　後編」を改題）

この作品は二〇一九年二月、集英社より刊行されました。

集英社文庫

浮雲心霊奇譚 呪術師の宴

2021年4月25日 第1刷　　定価はカバーに表示してあります。

著　者　神永　学

発行者　徳永　真

発行所　株式会社 集英社
東京都千代田区一ツ橋2-5-10　〒101-8050
電話　【編集部】03-3230-6095
【読者係】03-3230-6080
【販売部】03-3230-6393(書店専用)

印　刷　凸版印刷株式会社

製　本　凸版印刷株式会社

フォーマットデザイン　アリヤマデザインストア　　マークデザイン　居山浩二

ISBN978-4-08-744231-1 C0193